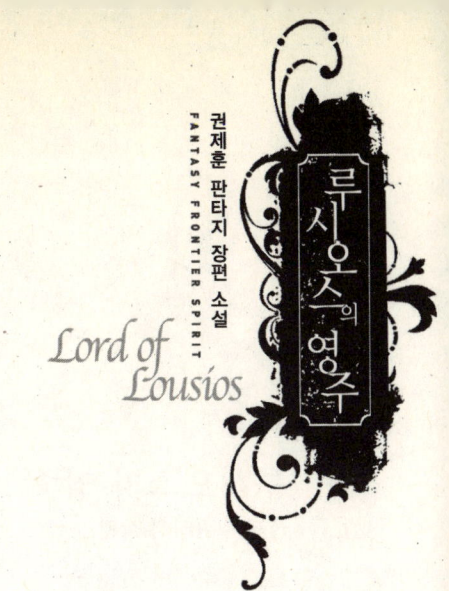

권제훈 판타지 장편 소설

FANTASY FRONTIER SPIRIT

Lord of
Lousios

루시오스의 영주

루시오스의 영주 1

권제훈 판타지 장편 소설

초판 1쇄 찍은 날 § 2013년 7월 10일
초판 1쇄 펴낸 날 § 2013년 7월 17일

지은이 § 권제훈
펴낸이 § 서경석

편집부장 § 권태완
편집책임 § 박은정
디자인 § 이거일

펴낸곳 § 도서출판 청어람
등록번호 § 제1081-1-89호
등록일자 § 1999. 5. 31
어람번호 § 제1-1631호

주소 § 경기도 부천시 원미구 심곡2동 163-2 서경B/D 3F (우) 420-822
전화 § 032-656-4452 팩스 § 032-656-4453
http://www.chungeoram.com
E-mail § chungeorambook@daum.net

Lord of Lousios
권제훈 판타지 장편 소설
FANTASY FRONTIER SPIRIT
1
루시오스의 영주
도서출판 청어람

CONTENTS

프롤로그

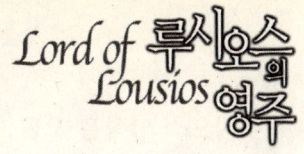

Lord of Lousios 루시오스의 영주

베네시아 왕국 서부, 루시오스 남작령.

험한 산맥과 그 산맥에 서식하고 있는 강하고 흉포한 맹수와 몬스터들로 인해서 어지간해서는 사람들이 돌아다니지 않는 고요한 영지였지만 오늘만큼은 루시오스 남작령 전체가 축제 분위기로 떠들썩했다.

영주인 루시오스 남작의 아들이 태어난 날이었기 때문이다.

루시오스 남작은 매우 흡족해하며 아들에게 카이저라는 이름을 지어주었고, 그날 영지는 하루 종일 축제 분위기로 들

떴다.

루시오스 남작은 모든 영지민이 충분히 존경할 만한 인품을 지녔고, 작은 지방 영지 출신이면서도 나름 왕국에 명성을 날릴 만한 검술 실력을 지녔다. 그는 아들의 탄생을 축복하는 의미로 영지민에게 식량을 나눠 주고 축제의 비용을 부담하는 것을 전혀 아깝게 여기지 않았다.

루시오스 남작령이 존재한 이후 아마 가장 떠들썩했던 날이 아닐까 싶은 축제가 끝이 나고 루시오스 남작은 아들을 위해 평소에는 관심도 가지지 않던 신에게 기도까지 올렸다.

"스스로를 믿고 나아갈 신념이 있는 아이가 되어라."

유난히 별이 밝은 밤의 일이었다.

Chapter 01
카이저 루시오스

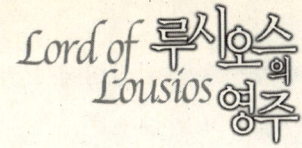

"하아."

루시오스 남작가의 외동아들인 카이저는 깊은 한숨을 내쉬며 창밖을 내려다보았다.

연무장에는 가문의 기사들이 모여 대련을 펼치며 기량을 보여주고 있었지만 카이저에게 그런 모습은 전혀 눈에 들어오지 않았다.

"왜 일이 이렇게 된 거지?"

카이저는 그 나이의 어린아이답지 않은 고뇌와 회한이 담긴 눈동자로 연무장을 벗어나 하늘로 시선을 보냈다.

루시오스 남작령에서 카이저는 무척이나 특이한 아이로 취급받고 있었다.

평소 말이 없고 얌전한 성격 탓에 카이저가 너무나 소심한 건 아닌가 걱정된 루시오스 남작은 카이저에게 검술을 한번 가르쳐 보고자 마음먹고 카이저에게 일단 검술을 펼쳐보라고 말했다.

물론 카이저 또래의 아이라면 마구잡이로 휘두르는 것이 전부겠지만 카이저는 달랐다.

숙련된 기사인 루시오스 남작이 깜짝 놀랄 정도로 완벽하고 훌륭한 검술을 펼쳐 보인 것이다.

비록 신체적인 악조건과 검의 길이 등의 문제로 약간 어설 프게 보이기는 했으나 방 안에만 있던 아들의 뜻밖의 모습은 루시오스 남작은 물론 당시 남작가의 기사 모두에게 상당한 충격을 주었다.

루시오스 남작은 그 검술을 언제, 어디서, 어떻게 배웠느냐 고 카이저에게 물었으나 카이저는 이에 홀로 만들어낸 것이 라고 대답해 루시오스 남작을 또 한 번 놀라게 만들었다.

여기까지 본다면 카이저는 검술에 대한 천부적인 재능을 타고난 아이로 생각할 수 있겠지만 결코 그렇지 않았다.

방 안에 틀어박혀 지내면서 카이저는 루시오스 남작가에 있는 모든 책을 읽었고 스스로 책을 집필하는 모습도 보여주었다.

그때부터 루시오스 남작은 카이저에 대한 평가를 바꾸었다.

이 아이는 여러 분야에 있어서 뚜렷한 두각을 드러낼 천재가 틀림없다.

아들을 사랑하는 루시오스 남작은 카이저의 재능을 최대한 꽃피울 수 있게 해주려고 노력했다.

직접 영지 바깥으로 나가서 나름 학식이 높다고 알려진 학자를 데리고 와서 카이저를 가르치고, 자신의 검술을 알려주었으며, 전담 기사까지 배치해 주었다.

그러나 그런 노력이 허사로 돌아가기까지는 그리 오랜 시간이 걸리지 않았다.

카이저는 마치 주변의 시선을 의식하기라도 한 듯 갑자기 평범하고 조용한 아이가 되어버렸다.

수업도 그저 그런 수준으로만 따라왔고, 검술 역시 루시오스 남작이 가르쳐 준 검술을 쓰면서 전에 보였던 검술은 더 이상 보여주지 않았다. 루시오스 남작의 물음에는 그저 까먹었다고 말하였다.

분명 처음에는 천재인 것 같던 아들이 갑자기 달라지자 루시오스 남작은 의문을 가졌지만 그 의문을 풀지 못했다. 과거 카이저의 놀라운 모습들은 그저 소문으로만 남아 버렸고 카이저는 평범한 남작가의 외동아들이 되었다.

그래, 그렇게 보였다.

하지만 카이저는 달라지지 않았다. 그렇게 보였을 뿐이었다.

그는 절대로 평범하다는 범주에 속할 수 없는 인물이었다.

"난 단지 그 녀석의 실험을 도와줬던 것뿐이라고!"

카이저는 흥분한 얼굴로 소리를 질렀다.

대륙 최고의 검사 페네스 하임.

누구도 도달하지 못하였던 위대한 경지에 이른 검사로서, 몰락 귀족 출신으로 모든 자의 정점에 군림했던 진정한 검의 지배자.

그것이 카이저가 기억하는 자기 자신이다.

페네스 하임은 어느 날 왕실 마법사로 있는 친구 로델로에게 실험을 도와달라는 부탁을 받고 왕궁으로 들어갔다. 그는 그 실험의 대상이 자신이라는 소리를 듣게 되었다.

로델로가 요청한 실험의 내용은 어처구니없는 것이었다. 차원을 넘나드는 게이트를 만들어 내보겠다니, 페네스 하임은 그를 어리석다고 생각하였다.

대륙 역사상 그 누구도 다른 차원이 있다는 것을 증명해 내지 못했다. 한데 로델로는 그 게이트를 만들 수 있다고 호언

장담하였고, 다른 차원이 얼마나 위험한 곳인지 알 수 없으니
대륙 최고의 검사인 페네스 하임이 이 일의 적임자라고 했다.

　물론 다른 마법사 같다면 자신을 실험체로 쓰려한 그를
당장 응징했겠지만 대륙 최고의 검사 페네스 하임의 친구 로
델로는 대륙 최고의 마법사였다.

　게다가 젊은 시절 함께 고생하며 지내온 사이인지라 페네
스 하임은 일단 로델로의 안전할 거라는 말을 믿고 실험에 응
했다.

　그리고 이 상황이다.

　정신을 차려보니 자신은 카이저 루시오스라는 소년으로
태어났다.

　이 뜬금없는 상황을 납득할 수 없어 그는 서둘러서 루시오
스 남작가에 있는 책들을, 그중에서도 역사와 관련된 책들을
마구잡이로 뒤지며 자신이 살았던 시대에 대해 찾았다.

　그리고 알아냈다.

　이곳은 다른 세계가 아니었다.

　대륙 최고의 검사라고 알려진 페네스 하임의 전설은 전해
지고 있었다.

　다만 그 시기가 1,000여 년 전이었다.

　"하하하하!"

　이제는 어처구니가 없어서 웃음이 절로 나왔다.

로델로는 물론이고 그 당시에 존재하던 모든 국가가 대략 500년 전을 기점으로 멸망하였고 그와 관련된 것들은 그저 전설만 남아 있을 뿐이다.

　번창하던 위대한 마법은 몰락해서 당대의 대마도사로 불리던 9서클의 마법사들이 이 시대에는 전설의 경지로만 일컬어질 뿐 실존하지 않았고, 8서클의 경지에 오른 사람도 세 손가락에 꼽을 정도였다.

　검술의 수준 역시 형편없이 떨어졌다.

　지금 시대에서는 마법이 몰락하고 검술의 전성기라고 떠들고 있는데 대륙 최고의 검사였던 페네스 하임의 시각으로 봤을 때 그가 실존했던 시대보다 한참이나 뒤떨어진 수준이다.

　그 이유는 500년 전에 있었던 일 때문이었다.

　대륙에서 가장 어두웠던 암흑기라고 알려진 500년 전, 사악한 마족 무리가 이 대륙으로 넘어와서 수많은 사람을 죽이고 왕국을 멸망시켰다.

　번창하던 마법과 위대한 검술을 이어받은 자들은 그 시대에 모두 죽었고, 마족의 무리를 간신히 퇴치하였지만, 모든 것이 퇴보하고 말았다.

　"그 녀석을 찾을 수만 있다면 당장 찢어발기고 싶지만……"

페네스 하임은 이 일의 원흉이나 다름없는 마법사 친구 로델로를 죽이고 싶었지만 지금의 그는 카이저 루시오스일 뿐, 대륙 최고의 검사 페네스의 하임도, 그가 지닌 무력도 없었다.

게다가 그 시절의 힘이 있다고 한들 복수의 대상인 로델로는 어디에 묻혔는지도 알 수 없는 고인이 되었다.

"시간을 거슬러서 올라갈 수 있는 것이 아니라면 절대로 불가능하겠군."

시간이라는 것은 당대에 번창하던 마법으로도 간섭할 수 없었던 부분이다.

시간은 우주의 질서였으며, 자연의 법칙이었고, 만물이 따라야만 하는 진리였다.

게다가 마법사도 아닌 검사인 페네스 하임이 시간을 거슬러 올라가는 방법에 대해서 알고 있을 리가 없다.

결국에는 꼼짝없이 이 시대에 살아야만 하는 처지가 된 것이다.

"이게 무슨 꼴인지 모르겠군."

카이저는 창밖에서 열심히 대련을 펼치고 있는 기사들을 보았다.

대륙 최고의 검사였던 자신의 안목으로 저들을 평가하자면 어설프게 무장한 도적들 정도였다.

감히 저런 실력으로 기사를 자처하다니, 페네스 하임이었다면 웃기는 얼간이들이라고 비웃었을 것이다.

그러나 카이저는 저들을 비웃지 못했다.

지금 이 시대의 기사 실력이 저 정도인 것은 매우 당연한 것이기 때문이다.

카이저는 그 원인을 쇠퇴한 마법으로 보았다.

검술과 마법이라는 것은 각기 다른 분야이지만 마나라는 공통분모를 가지고 있다.

마법으로 마나를 모으고 특별한 연공법을 통해서 그 마나를 흡수한다면 검사의 경지를 빠르게 올릴 수 있다.

그러나 이 시대에 마나를 모으는 방법은 자연에 있는 마나를 연공법으로 흡수하는 것이 전부일 뿐이었다. 따로 모으는 방법에 대해서는 완전히 소실되어 알고 있는 자가 아무도 없었고, 그나마 있는 마나 연공법이라는 것들도 기본적인 토대만 잡혀 있는 수준으로 그 당시의 것과는 효율면에서 상당히 큰 차이를 보이고 있었다.

마법이 몰락하면서 검술도 몰락했고, 그것들이 반복되어 지금의 수준에 이른 것이다.

"그나마 이거 하나는 마음에 드는군."

창에서 시선을 뗀 카이저는 베네시아 왕국이 생기기 이전의 역사가 담겨져 있는 고서를 펼쳤다.

이 고서에 나와 있는 내용과 페네스 하임의 기억에 따르면 이곳 루시오스 남작령은 페네스 하임이 로델로의 실험에 참가한 왕궁이 있던 그 장소였다.

어쩌면 당시의 유적 같은 것들이 남아 있을지도 모른다.

고대의 왕국들은 지식과 정보에 대한 것을 굉장히 중요하게 여겨서 제아무리 대마도사들이라고 할지라도 쉽게 염탐할 수 없게 기밀 중의 기밀로 다루었다.

보안에 관련된 마법과 특별한 방법을 동원해서 그 지식들을 어딘가에 숨겨놨을지도 모른다.

그것을 찾아낼 수만 있다면 이 시대의 형편없는 검술을 한 단계 이상 발전시킬 수 있을 것이다.

"하지만 당장은 무리겠지."

유감스럽게도 카이저는 당장 고대 왕국의 유적에 대해서 조사할 수가 없었다.

주위의 시선도 시선이지만 특히 아버지인 루시오스 남작이 문제였다.

만약 카이저가 고대 유적에 대한 조사를 진행하면 그때는 단순히 천재인 아들 정도가 아니라 무언가 수상하다고 생각하고 뒷조사를 실시할지도 모른다.

뭐, 해봤자 나오는 것이 있겠냐마는 정상적인 발굴은 무리일 테니 최소한 루시오스 남작이 자신에게 관심을 끊을 때까지 발굴은 미루어야만 했다.

그보다 카이저가 우선시하는 것은 자신의 경지를 되돌리는 것이었다.

대륙 최고의 검사가 일반인 하나조차 이기기 힘든 수준으로 떨어져 버렸다.

페네스 하임은 몰락 귀족으로서 어린 시절 상당한 불이익을 당했고 그 분노 때문에 검술을 갈고닦은 인물이다.

이렇게 검술이 뒤떨어지는 시대에서 그것과 비슷한 일을 또다시 겪는다면 울화가 터질 것이다.

그런 끔찍한 경험을 피하기 위해서 전생의 전성기 시절까지는 아니라 할지라도 그 절반의 실력 정도는 되찾아야만 했다.

"여러모로 방해만 되는 아버지군."

물론 이 부분에 있어서도 아버지인 루시오스 남작이 문제였다.

재능을 떠나서 어린 소년이 터무니없는 수준의 검술을 사용하며 심지어는 그것을 가르쳐 준 사람도 없다는 것을 안다면, 루시오스 남작은 카이저에 대한 의구심을 갖게 될 것이다.

결국에는 겉으로는 루시오스 남작이 가르쳐 준 형편없는 검술을 배우며 몰래 자신의 검술을 수련하는 것이 최선의 방법이었다.

"하지만 이 정도 어려움쯤은 견뎌내야지."

단지 경지가 낮아진 것뿐이라면 엄청나게 난동을 부리며 세상을 원망했겠지만, 딱 한 가지, 미래로 오면서 좋아진 점도 있다.

노구의 몸은 포동포동한 어린아이의 것으로 변했고, 새로운 삶의 기회를 얻었으며, 과거의 경지를 차근차근 밟아가며 자신의 검술에 대해서 보다 깊이 이해할 기회를 얻었다는 점이다.

"상황도 그때랑 비슷하고 말이야."

페네스 하임의 시각으로 볼 때는 몰락 귀족이나 지방의 남작 신분이나 별다른 차이가 없었다.

제대로 된 권력은 없고 영지에서만 큰소리 좀 칠 뿐이지 않은가?

그러나 전생의 경지만 되찾는다면 이 대륙을 지배할 황제로 군림하게 될지도 모른다.

물론 정치적인 부분은 아무리 연륜이 있다고 해도 부족하고 스스로도 지배자의 위치에는 맞지 않다고 여기기에 그럴 가능성은 높지 않지만 그래도 신분이라는 것은 높은 게 좋은 것이니 말이다.

"최소한 백작 정도는 되어야지."

대륙 최고의 검사였던 시절 페네스 하임은 제국의 황제조차 함부로 대할 수 없는 존재였다.

　그때 누렸던 것들이 있는데 고작 남작으로 끝낼 마음은 없었다.

　"일단 가장 먼저 해야 할 일은 역시 마법진의 설치이려나?"

　자연에 있는 마나만 흡수하는 건 상당히 효율이 떨어지는 행동이다.

　더구나 이 시대의 마나 연공법의 수준을 생각하면 더더욱 그렇다.

　비록 검사이기는 했지만 당대 최고의 마법사인 로델로를 친구로 두었고, 어린 시절 직접 마법진을 그려서 마나를 모았던 페네스 하임이었기에 마나를 모으는 마법진 정도는 그릴 수 있었다.

　"두고 봐라. 난 절대 남에게 무시당하고는 못산다."

　카이저의 두 눈에서 강인한 의지가 불타올랐다.

　페네스 하임은 패배를 가장 싫어하는 남자였다.

*　　　*　　　*

　달그락.

식기가 움직이는 소리와 함께 식사가 시작되었다.

카이저는 식사를 끝내고 바로 방으로 가서 마나를 모을 예정이었기에 서둘러서 식사를 마치기 위해 분주하게 손을 움직이며 입안의 음식물을 씹었다. 루시오스 남작과 남작부인 샤를리아는 그런 카이저의 모습을 빤히 바라보고 있었다.

달그락달그락.

"흠흠!"

자신들의 시선에도 아랑곳하지 않고 식사에만 집중하는 카이저의 주의를 돌리기 위해 루시오스 남작이 작은 헛기침을 하였다.

그제야 카이저는 식사를 중단하고 루시오스 남작을 쳐다보았다.

"아버지, 무슨 일이에요?"

"무슨 바쁜 일이라도 있는 것이냐? 요즘 방에 틀어박혀서 잘 나오지도 않고 식사도 굉장히 서두르고 있구나."

루시오스 남작의 물음에 카이저는 활짝 웃으며 고개를 저었다.

페네스 하임이었다면 절대로 하지 못했을 어린아이 같은 행동이지만 이런 생활을 벌써 10년이나 하다 보니 상당히 익숙해져 있었다.

"아무것도 아니에요."

"으음."

카이저의 대답에 루시오스 남작은 고개를 갸웃거렸다.

무언가 숨기고 있는 것 같기는 한데 그것이 무엇인지 알 방법이 없었다.

"카이저."

"예, 어머니."

이번에는 샤를리아가 카이저를 불렀다.

"혹시 동물 같은 걸 주워온 건 아니니?"

샤를리아의 물음에 루시오스 남작은 두 눈을 번쩍 떴다.

방에 틀어박혀서 나오지도 않고 식사를 서두르는 모습이 어쩌면 그럴지도 모른다는 생각이 들었다.

루시오스 남작도 어린 시절에는 드래곤을 기르고 싶어 했는데 그것이 안 되자 하다못해 드레이크라도 기르고 싶다며 덩치 큰 도마뱀 하나를 몰래 저택 안으로 들인 적이 있다.

당연히 엄청나게 혼났지만 그 경험으로 미루어볼 때 카이저의 나이와 행동은 충분히 그런 의심을 사기에 충분했다.

마치 방에 꿀이라도 숨겨놓은 것처럼 바깥으로 잘 나오지 않으니 말이다.

"그럴 리가요."

그러나 능청스레 대답하는 카이저의 모습에는 절대 그렇지 않다는 의사가 담겨져 있었다.

보통 어린아이라면 이때 당황하며 거짓말을 하기 마련인데 저 능청스러운 모습은 지금 당장 방을 확인해 봐도 아무것도 나오지 않을 거라는 자신감의 표현이다.

"게다가 동물은 기르기 힘들고 냄새도 나잖아요?"

"그렇다면 상관없지만……."

카이저는 다시 식사에 집중했고, 루시오스 남작과 샤를리아는 서로의 얼굴을 바라보았다.

둘 모두 짐작 가는 것이 없었기에 멋쩍은 미소를 짓고는 식사를 시작하였다.

어쨌든 무언가를 숨기고 있다면 나중에라도 밝혀질 것이다.

게다가 루시오스 남작은 지금 아들인 카이저에게만 집중할 수 없는 상황이었다.

"먼저 일어나겠습니다."

카이저가 자리에서 일어나 후다닥 방으로 달려갔다.

평소라면 버릇없는 행동이라고 주의를 줬을 루시오스 남작은 낮게 가라앉은 눈빛으로 카이저의 뒷모습을 바라보았다.

"부인."

"왜 그러세요?"

"아무래도 수도에 다녀와야겠소."

루시오스 남작의 말에 샤를리아의 표정이 어둡게 변하였다.

　루시오스 남작가는 전형적인 지방 귀족으로 딱히 든든한 후원자나 배경이 없었다.

　그러다 루시오스 남작이 왕국에서 나름 이름을 알리기 시작하였을 때 렉시온 후작가에서 루시오스 남작령을 지원해 주기로 하였다.

　베네시아 왕국의 서부는 커다란 산맥으로 이루어져 있어 농사를 지어봤자 제대로 된 수확을 기대하기 힘든 상황이었다. 렉시온 후작가는 수도에서도 꽤나 권위와 위세를 지닌 귀족 가문이었기에 루시오스 남작은 그런 렉시온 후작의 지원을 받아들이는 대가로 자신의 힘을 빌려주었다.

　그리고 지방 귀족의 삶과는 꽤나 거리가 있는 진짜 귀족들의 다툼에 끼어들게 되었다.

　서로를 견제하고 온갖 음모를 꾸미는 수도의 중앙 귀족들의 싸움은 루시오스 남작에게 상당한 부담감으로 다가왔고, 새로 즉위한 국왕과 왕세자 시절부터 적대 세력이었던 렉시온 후작가는 국왕과 그 휘화의 귀족들에 의해 크게 흔들리기 시작했다.

　이대로 있다가는 어떤 일이 벌어질지 장담할 수 없었다.

　그렇기에 렉시온 후작을 찾아가서 지금의 위기를 넘길 방법을 모색해야만 했다.

"몸조심하세요."

"물론이오."

걱정하는 샤를리아의 모습에 루시오스 남작은 애써 태연한 얼굴로 고개를 끄덕였다.

제아무리 렉시온 후작가의 세력이 밀리고 있다고는 하지만 그래도 한때는 수도를 주름잡던 대귀족 가문 중 하나이다.

무너져도 그렇게 쉽게 무너지지는 않을 것이다.

*   *   *

방으로 돌아온 카이저는 힐끔 주위를 둘러보았다.

물건의 위치가 바뀐 것도 없고 누가 들어왔던 흔적도 보이지 않는다.

"다행히 별로 의심하지는 않는 것 같네."

어린 아들이 방에 틀어박혀 있자 걱정하는 것일 뿐, 아직까지 자신을 이상하게 여기는 것 같지는 않았다.

"그럼 준비 작업부터 해야겠군."

카이저의 시선이 방 안 곳곳에 널려 있는 잡동사니로 향했다.

마법진이라는 것은 꼭 눈으로 보이는 종류의 것만 있는 것이 아니다.

각 물건에 특별한 역할을 부여하고 정해진 위치에 놓는다면 그것으로 마법장을 만들어서 마법을 행사할 수 있다.

지금의 시대에서는 잊힌 방법이지만 카이저는 그것을 쓸 수 있었다.

검사로서 정점에 오르고 마법사 친구를 곁에 두다 보니 마법에 관심이 생겨 몇 년 정도 마법에 대해 탐구한 적도 있기 때문이다.

나중에 뛰어난 마법들은 상당히 복잡한 계산이 필요하다는 것을 알고는 머리 아파서 때려치웠지만 물건에 역할을 부여하는 것과 마법장을 만드는 것은 그리 수준 높은 마법이 아니었다.

"어디 보자."

깃털 펜이나 잉크에도 역할을 부여하고 침대의 기둥이나 책상에도 역할을 정하며 카이저는 마법장에 대한 준비 작업에 들어갔다.

"후우! 대충 된 건가?"

흐르는 땀을 훔치며 카이저는 만족스러운 얼굴로 완성된 마법장을 보았다.

중천에 떠 있던 해가 사라지며 붉은 노을이 짙게 깔려 있다.

그 시간 동안 마법장에 대한 준비를 홀로 했으니 지치는 것은 당연한 일이다.

"빨리 몸부터 만들든가 해야겠어."

이렇게 약하고 여린 어린아이의 몸으로 할 수 있는 일은 그다지 많지 않았기에 카이저는 초조했으나 결코 서두르지는 않았다.

"일단 수련 계획부터 잡아둬야지. 하루에 한나절씩만 해도 충분할 거야."

검술이라는 것은 기본적으로 몸으로 익히는 것이다.

제아무리 페네스 하임의 기억이 있다고 할지라도 자신의 힘으로 직접 검술을 펼치며 자신의 것으로 만들지 않으면, 머리로 알아도 몸이 따라주지 못하는 상황이 된다.

거기에 마나는 마나대로 따로 모아야 하는 만큼 꽤나 지루한 시간이 될 것이라고 생각되었지만 그래도 일단 새로운 삶을 얻었다.

전생에서는 느껴보지 못했던 삶의 여유를 충분히 만끽할 수 있을 테니까.

카이저가 느끼는 새로운 삶은 기나긴 휴가와도 같았다.

* * *

렉시온 후작가에서는 그를 지지하는 수십의 귀족이 모여 저마다 걱정스러운 얼굴로 렉시온 후작의 얼굴을 바라보고 있었다.

국왕과 국왕을 따르는 귀족들이 권력을 쥐면서 렉시온 후작가는 순식간에 풍비박산이 나버렸다.

수도에 위치해 있던 렉시온 후작가는 서부 변방으로 쫓겨나게 되었고, 그동안 렉시온 후작을 따랐던 귀족들에게도 어마어마한 피해가 발생하였다.

이 자리에 모인 귀족들은 어떻게든 렉시온 후작이 지금의 사태를 수습해 주기를 바라고 있었으나 후작으로서도 지금의 위기를 넘길 만한 마땅한 방도가 없었다.

아니, 자신의 목숨 하나도 건수하기 힘든 상황이었다.

그런데 얼마 전부터 그들을 미행하는 자들이 있었다.

목적이 약점을 쥐기 위해서인지 아니면 암살인지는 알 수 없었으나 자신들의 뒤를 쫓고 있는 존재가 있고 그것이 국왕의 소행이라는 것을 알게 된 렉시온 후작과 그를 따르는 귀족들은 마음을 졸일 수밖에 없었다.

게다가 방금 전에 그들에게 도착한 소식은 그런 그들의 불안을 더욱 증폭시켜 주었다.

"델로스 자작이 어떻게 되었다고?"

화려한 귀족의 복장이 아니라 차가운 갑옷으로 무장한 렉시온 후작의 물음에 하인은 조심스레 눈치를 살피며 입을 열었다.

"강도 사고랍니다. 후작가로 오던 도중 100여 명의 강도에게 습격당해 그만 목숨을 잃었다고……"

쾅!

하인의 말에 렉시온 후작이 탁자를 내려쳤다.

사고라니, 당치도 않은 소리다.

델로스 자작은 익스퍼트의 경지에 오른 기사였고 상황이 긴박한 만큼 그를 호위하는 병력의 숫자와 실력도 만만치 않았다.

강도들의 숫자가 아무리 100여 명이라고 한들 수십 명의 기사와 병사의 호위를 받고 있는 델로스 자작을 죽일 수 있을 리가 없다.

"국왕이 보낸 자들의 소행이군."

렉시온 후작의 말에 다른 귀족들은 마른침을 꿀꺽 삼켰다.

"지금 이 자리에 도착하지 않은 자들이 몇 명인가?"

렉시온 후작의 물음에 한 귀족이 서둘러서 입을 열었다.

"세티드 남작, 루시오스 남작, 콘웰 자작을 포함해 여덟 명입니다."

"원래 도착 예정 시간을 이미 반나절이나 초과했는데 여덟 명이 도착하지 않았으면 확실하겠지."

위급 상황을 알아차린 지방 귀족들이 렉시온 후작가로 모여드는 틈을 이용해서 하나씩 그 세력을 줄이고 있는 것으로 보는 것이 타당했다.

이곳에 도착한 귀족들도 돌아가는 길에 습격을 받을지 알 수 없는 일이고 아직 도착하지 않은 귀족들의 안전 역시 걱정될 수밖에 없었다.

게다가 도착하지 않은 귀족들이 무사히 온다고 할지라도 문제였다.

국왕에게 회유당해서 배신하였을 가능성 역시 무시할 수 없었기 때문이다.

사실상 누구도 믿을 수 없고 누구도 안전하지 않은 상황이 되어버린 것이다.

그나마 렉시온 후작가 안에 있는 지금은 어떻게든 버티겠지만 국왕이 렉시온 후작가를 서부 변방으로 내쫓아 버렸기에 이 세력도 상당히 축소될 것이다.

그 뒤로는 아마 국왕도 거리낄 것 없이 렉시온 후작과 다른 귀족들을 대놓고 노릴 것이다.

"후, 후작 각하!"

그때, 문이 벌컥 열리며 렉시온 후작가의 기사 하나가 안으로 뛰어들어 왔다.

그 무례에 행동에도 귀족들은 눈살을 찌푸리기보다는 잔

뜩 긴장한 얼굴로 기사가 전해올 소식에 귀를 기울였다.

"콘웰 자작이 오던 길에 강도의 습격을 당해 목숨을 잃었다고 합니다!"

"젠장!"

"콘웰 자작까지 당했다는 말인가?"

모여 있는 귀족들 사이에 팽팽한 긴장감이 돌았다.

자신들의 목숨도 목숨이지만 영지에 남겨진 가족들의 목숨 역시 걱정되기는 마찬가지였다.

"렉시온 후작 각하, 무슨 조치를 취해야만 합니다."

"맞습니다. 아직 이곳에 오지 않은 다른 이들을 구해내기 위한 구출대를 조직해야 됩니다."

귀족들의 의견에 렉시온 후작은 고개를 가로저었다.

"어, 어째서입니까?"

"수도를 지키고 있는 왕국 중앙군의 움직임이 감지되었소. 그 숫자가 모두 5만이오."

렉시온 후작의 말에 귀족들의 안색이 창백하게 질리기 시작하였다.

수도를 지키고 있는 중앙군은 사실상 국왕의 실질적인 무력이나 다름없는 병력이다.

그런데 그중 5만에 달하는 병력이 움직였다.

이곳 렉시온 후작가에 있는 병력이 겨우 1만 5천 안팎인데 여기서 다른 귀족들을 보호하기 위한 병력을 차출한다면 아무리 못해도 2천 이상의 숫자가 빠져나가야만 한다.

그것도 일반 병사들이 아니라 정예로 구성된 기사단이 움직여야 할 테니 렉시온 후작가의 방비가 엉망이 될 것은 불보듯 뻔했다.

"차, 차라리 이곳을 벗어나서 다른 영지로 가는 게 더 안전하지 않겠소?"

"이미 후작가를 빠져나가는 길목에 다수의 매복이 있을 텐데 무슨 수로 빠져나간다는 말이오? 그나마 국왕의 명령대로 렉시온 후작 각하가 변방의 영지로 향하는 순간이 가장 안전할 것이오."

일단 국왕의 명령으로 영지를 빠져나갈 때는 수천의 호위병을 거느릴 수 있고 대외적인 시선이 있기 때문에 제아무리 국왕이라고 할지라도 대놓고 렉시온 후작을 노리지는 못할 것이다.

그러나 렉시온 후작이 변방의 영지에 도착한다면 당장 렉시온 후작은 암살의 위협에 시달리게 될 것이고, 그건 렉시온 후작을 지지하였던 다른 귀족 역시 마찬가지로 예상되었다.

"후작 각하!"

"무슨 일이냐?"

기사가 또 다른 소식을 들고 오자 렉시온 후작과 다른 귀족들이 긴장한 얼굴로 기사에게 물었다.

"루시오스 남작이 도착하였습니다!"

"그게 정말이냐?"

렉시온 후작은 자리에 벌떡 일어났다.

"어서 들어오라고 해라! 어서!"

렉시온 후작의 재촉에 기사는 고개를 꾸벅 숙이고 바깥으로 나갔다.

그리고 약간의 시간이 지나자 무장한 루시오스 남작이 안으로 들어섰다.

"렉시온 후작 각하를 뵙습니다."

"잘 왔소! 그런데……."

렉시온 후작은 루시오스 남작의 상태를 살펴보며 말꼬리를 흐렸다.

루시오스 남작의 몸에서는 미약하지만 비릿한 피 냄새가 풍겨오고 있었다.

렉시온 후작 역시 검술을 갈고닦은 기사였기에 피 냄새에는 민감하게 반응할 수밖에 없었다.

"어떻게 된 일이오?"

"국왕이 보낸 것으로 추정되는 무리의 습격을 받았습니다."

루시오스 남작의 말에 렉시온 후작은 놀란 얼굴로 루시오스 남작을 살펴보았다.

"그런데도 무사히 이곳까지 오다니!"

"역시 루시오스 남작이오!"

오러 마스터의 경지에 오른 검사.

베네시아 왕국에서도 오십 명이 안 되는 경지에 오른 기사는 역시 뭐가 달라도 달랐다.

그뿐인가?

루시오스 남작은 현재 베네시아 왕국에 있는 모든 기사를 통틀어서 최연소의 나이에 그 경지에 오른 인물이다.

게다가 아직 나이도 젊었다.

올해로 겨우 서른다섯이다.

"아닙니다. 여기까지 오는 도중 저를 따르는 기사와 병사 대부분이 목숨을 잃었습니다. 그들의 희생이 없었다면 이곳까지 도달하지 못했을 겁니다."

그렇게 죽은 기사들과 병사들의 노고를 치하한 루시오스 남작이 날카로운 눈으로 렉시온 후작을 바라보았다.

"렉시온 후작 각하, 그들의 희생을 헛되이 하지 않기 위해서라도 지금의 상황을 타개할 방도가 필요합니다."

루시오스 남작의 말에 렉시온 후작은 무거운 얼굴로 고개를 끄덕였다.

그 역시 알고 있다.

지금 이것은 시작에 불과하다.

국왕은 이후 훨씬 더 많은 병력을 투입하게 될 것이고, 그 위협은 여기에 모인 귀족 모두가 죽지 않는 이상 결코 끝나지 않을 것이다.

"루시오스 남작, 렉시온 후작 각하께서도 최선을 다해 방도를 찾고 계시네. 그러니 그런 말은……."

"아니, 루시오스 남작의 말이 맞네."

한 귀족이 루시오스 남작의 태도를 지적하자 렉시온 후작이 손을 들어 그 귀족을 제지하였다.

루시오스 남작의 말대로이다.

렉시온 후작 자신은 루시오스 남작을 비롯해 자신을 믿고 여기까지 따라와 준 모든 귀족의 안전을 보장해 줘야 할 책임이 있었다.

그러나 권력 투쟁에서 밀려나고 국왕에게 눌려 자신을 따라준 귀족들의 목숨을 위태롭게 만들었으며 그중 일부는 목숨까지 잃었다.

더 이상 두고 볼 수만은 없었다.

하지만 딱히 뾰족한 방도가 있는 것도 아니었다.

왕권이 강해지고 세대가 변화할 때마다 피의 숙청은 언제나 있어왔고, 그 숙청에서 살아남을 방법은 국왕에게 머리를 조아리거나 모든 것을 버리고 다른 왕국으로 도망치는 것뿐이었다.

"미안하네, 루시오스 남작. 그리고 여기에 모인 다른 모두에게도 사죄하겠네. 나를 믿어준 그대들을 실망시키고 말았으니 나를 원망한다고 해도 기꺼이 받아들이겠네."

"후작 각하……."

귀족들은 절망스러운 얼굴로 렉시온 후작을 바라보았다.

유일한 버팀목이었던 렉시온 후작이 결국에는 백기를 든 것이나 마찬가지다.

"지금이라도 그대들은 왕궁으로 가서 국왕을 만나 사죄하게. 그러면 그 목숨만은 어떻게든 유지할 수 있을 것이네. 내 목을 가져다 바친다면 국왕도 용서해 주겠지."

자신의 목을 갖다 바치라는 렉시온 후작의 말에 귀족들은 할 말을 잃었다.

처음부터 상황이 좋지 않다는 것도 알고 있었고 이곳에 도착해서 렉시온 후작에게 별다른 수단이 없다는 것도 알고 있었지만 그렇다고 해서 포기할 생각은 없었다.

이제 와서 되돌아가기에는 이미 너무나 많은 것을 잃지 않았는가?

"후작 각하, 제가 한 말씀만 드려도 되겠습니까?"

루시오스 남작은 분노한 기색이 역력한 얼굴로 렉시온 후작의 눈을 정면으로 마주 보며 말하였다.

"무엇인가?"

렉시온 후작은 힘 빠진 얼굴로 그런 루시오스 남작을 바라보았다.

자신을 원망하고 모욕한다고 할지라도 담담하게 받아들이겠다는 의지가 엿보이는 눈동자에 루시오스 남작은 가뜩이나 치밀어 오르는 분노가 머리끝까지 치솟는 것을 느꼈다.

"당신은 누구입니까?"

"그게 무슨 소리인가?"

뜬금없는 그 물음에 렉시온 후작을 비롯한 귀족들이 고개를 갸웃거렸다.

"제 눈앞에 계신 당신이 누구냐고 물었습니다."

"난 렉시온 후작이네."

"아니요. 당신은 렉시온 후작 각하가 아닙니다."

루시오스 남작의 말에 렉시온 후작은 두 눈을 껌벅였다.

자신은 분명 렉시온 후작인데 갑자기 자신을 부정하는 루시오스 남작의 행동을 이해할 수가 없었다.

자신의 모습에 대한 원망을 풀어내는 것인지, 아니면 정말로 자신이 렉시온 후작이 아닌 다른 누군가라고 말하고 싶어하는 것인지 알 방도가 없었다.

"제가 알고 있는 렉시온 후작 각하는 전쟁터에서 이렇게 말씀하셨습니다. '죽을 수밖에 없는 상황이 닥친다면 그 죽음을 피하려고 하지 마라. 다만 당당하게 맞서 싸워라. 수만의 적이 나를 죽이려고 한다면 그 수만의 적의 목을 쳐라. 싸우다가 사지가 잘린다고 한들 무서워서 벌벌 떠는 겁쟁이의 두려움만큼 아프지 않을 것이고, 심장이 뚫린다고 해도 나를 욕하는 이들의 시선만큼 냉혹하지는 않을 것이다' 라고 말입니다. 다시 묻겠습니다. 당신은 정말로 제가 알고 있는 바로 그 렉시온 후작 각하입니까? 전 스스로 목을 내놓는 겁쟁이를 따른 적이 없습니다."

루시오스 남작의 발언에 모든 귀족이 숙연한 얼굴로 고개를 숙였다.

국왕이 무서워서 감히 맞설 생각은 해보지도 못하고 모든 것을 포기하였던 자신들의 모습이 너무나도 부끄럽고 창피하였다.

하지만 렉시온 후작은 루시오스 남작의 말에 동의하지 않았다.

"루시오스 남작, 이건 그것과는 다른 문제네. 그때의 일은 전쟁터였기에 할 수 있었던 말이야. 내가 죽는다면 나의 가족도 죽을 것이기에 그렇게 말할 수 있었네. 하지만 지금은 그렇지 않네. 루시오스 남작, 자네는 물론이고 여기에 모여 있는 나를 따라와 준 모든 이에겐 지켜야 할 가족이 있네."

가족이라는 단어에 루시오스 남작의 결연한 얼굴이 조금

씩 무너지기 시작하였다.

영지에서 자신을 기다리고 있을 부인 샤를리아.

시골 영지의 영주인 자신을 진심으로 사랑해서 평생을 바친 여인.

그리고 그런 여인과의 사랑으로 태어난 아들 카이저.

무너지기 시작하는 루시오스 남작의 결심을 알기라도 하는 듯 렉시온 후작은 루시오스 남작의 어깨를 토닥여 주었다.

"그래, 내 목을 친다면 그 역할을 루시오스 남작이 맡아주지 않겠나? 나 역시 검술을 갈고닦은 기사이네. 같은 기사의 손에 죽는 것이라면, 하물며 그것이 자네라면 이 억울함을 조금이라도 달랠 수 있겠지."

"하지만 후작 각하!"

루시오스 남작이 무언가 반박하려고 했지만 이어지는 뒷말은 그런 루시오스 남작의 의지를 완벽하게 꺾어 버렸다.

"자네 아들의 이름이 카이저였던가? 신이라는 존재를 그토록 부정하던 자네가 기도까지 올린 아이라지?"

무거웠다.

루시오스 남작은 그제야 렉시온 후작의 어깨에 있는 책임감의 무거움을 통감할 수 있었다.

가족이 있는 자신이 이토록 짓눌리는데 그런 이들 수십 명을 책임져야만 하는 렉시온 후작의 책임감의 무게는 도대체 얼마나 클 것인가?

루시오스 남작의 고개 역시 아래로 숙여졌다.

"마지막으로 나랑 대련이나 한번 하세."

렉시온 후작의 말이 끝나자마자 루시오스 남작의 두 무릎이 바닥에 닿았다.

루시오스 남작만이 아니었다.

그를 따르는 모든 귀족이 루시오스 남작을 뒤따라 무릎을 꿇었다.

"후작 각하!"

"시끄러우니 조용히 하게. 그리고 절대, 절대로 경솔한 행동은 하지 말게. 나야 이미 권력 다툼으로 가족도 모두 잃은 홀몸이지만 자네들은 아니니까. 모욕을 당한다면 감내하고 치욕을 당한다면 받아들이게. 그것이 가족을 지킬 수 있는 길이라면 지옥의 불길 속이라도 기쁘게 뛰어들 수 있어야만 하네. 그래야 내가 지금 한 이 선택에 후회하지 않을 수 있겠지."

렉시온 후작은 검을 뽑아 들었다.

청색의 손잡이는 손때가 덕지덕지 묻어 그 원래의 색을 알아보기 힘든 상태였고, 손잡이의 중앙에 박혀 있는 붉은 루비는 검게 물들어 있었다.

게다가 그가 거친 수많은 전장을 알려주듯이 그의 검은 날이 상해 이빨 빠진 호랑이와도 같이 보였다.

하지만 그러면서도 그 선명하고 날카로운 예기만은 감춰지지 않은 채 섬뜩하게 빛나고 있었다.

"내가 이 검을 쓴 것이 26세부터였으니 벌써 내 삶의 절반에 달하는 시간을 함께했군. 내가 죽으면 어차피 국왕의 손에 들어갈 물건, 자네가 가지는 것이 어떤가, 루시오스 남작?"

"……."

렉시온 후작의 물음에 돌아오는 대답은 없었다.

그러나 렉시온 후작은 그 침묵을 긍정의 의미로 받아들이고 미소 지었다.

"검의 주인은 검이 선택한다고 하였던가? 하지만 난 그렇게 생각하지 않네. 이런 검도 주인을 잘 만난다면 모든 이가 알고 있는 유명한 명검이 될 수 있으나 나 같은 주인을 만난다면 이렇게 반역도의 무기로 묻히고 말게 되지."

"렉시온 후작 각하께서는 훌륭한 검사이십니다."

"그건 자네가 정하는 것이 아니라네, 루시오스 남작."

자신을 변호해 주는 루시오스 남작의 발언을 렉시온 후작이 부정하였다.

"자신의 검에 물어보면 알 수 있어. 이 검은 나에게 만족하지 않고 있네. 왜냐하면 내가 싸움을 포기하고 죽음을 선택하였기 때문이지. 나에게 크게 실망하였을 거야. 그러니 마지막

만큼은 최고의 상대와의 결투로 빛내주게, 루시오스 남작."

렉시온 후작의 부탁에 루시오스 남작은 고개를 끄덕일 수밖에 없었다.

"고맙네."

＊　　　＊　　　＊

베네시아 국왕은 오만한 얼굴로 왕좌에 앉아 눈앞에 무릎 꿇고 있는 이들을 내려다보았다.

렉시온 후작을 따르던 자들.

귀족파의 세력으로 선대 국왕을 꾸준히 견제하고 지금의 중앙 귀족들을 위협하였던 인물들이다.

그런데 지금 그자들이 자신의 앞에 무릎을 꿇고 자신들이 따랐던 렉시온 후작의 목을 바쳐왔다.

원래대로라면 렉시온 후작은 변방으로 내쫓기는 것일 뿐 그의 후작 작위는 유지되었고, 국왕은 아직까지 렉시온 후작을 향해 직접적인 위해를 가하지는 않았다.

그렇기에 국왕으로서 감히 왕국의 고위 귀족인 렉시온 후작을 죽인 죄를 물어야만 했지만 베네시아 국왕은 그러지 않았다.

오히려 온화하고 부드러운 어조로 물었다.

"그래, 렉시온 후작의 목을 베어온 자가 누구인가?"

베네시아 국왕의 물음에 루시오스 남작이 앞으로 나왔다.

"호오, 루시오스 남작이군."

비록 영지를 가진 귀족 중에서는 가장 낮은 위치인 남작의 작위를 가진 인물이었으나 그럼에도 불구하고 루시오스 남작은 꽤나 유명했다.

루시오스 남작령이라는 척박한 곳에서 자라나 왕국에서 명성을 떨치는 기사가 된 그의 능력을 모를 정도로 베네시아 국왕은 어리석지 않았다.

게다가 현재 베네시아 왕국에 존재하는 최연소 오러 마스터가 아닌가?

"수고했네, 루시오스 남작."

"아닙니다. 국왕 전하를 위해 왕국을 어지럽힌 렉시온 후작을 처치하는 것은 당연한 일입니다."

"정말로 그렇게 생각하는가?"

베네시아 국왕은 루시오스 남작을 시험하는 것처럼 싸늘한 두 눈을 빛냈다.

"물론입니다."

그러나 루시오스 남작은 태연한 어조로 답하였다.

마치 진심으로 그렇게 생각하고 렉시온 후작의 목을 베었다는 것처럼 루시오스 남작의 모습은 힘에 굴복한 기사가 아니라 자신의 신념을 지킨 영웅처럼 비춰졌다.

"그렇다면 내가 이렇게 가만히 있을 수는 없지."

베네시아 국왕은 옥좌에서 일어나 루시오스 남작의 앞으로 걸어 나갔다.

"렉시온 후작을 처리한 그대의 공을 생각해 내 렉시온 후작이 가진 재산을 그대에게 내릴까 하는데, 어떤가?"

"국왕 전하께서 친히 내려주신다면 제 가문에 있어 무한한 영광이 될 것입니다."

"그렇다면 어디 말해보게. 무엇을 원하는가? 렉시온 후작가의 검술? 렉시온 후작가의 영지? 뭐든 말만 하게."

베네시아 국왕의 말에 주위에 있던 귀족들이 일제히 입을 벌렸다.

검술은 그렇다 쳐도 렉시온 후작가의 영지를 하사하겠다는 말은 결코 가벼이 여길 수 없는 부분이었기 때문이다.

"그렇다면 감히 실례를 무릅쓰고 말씀드리겠습니다."

"그래, 부담 갖지 말고 말해보게."

"렉시온 후작이 지니고 있던 한 자루의 검을 저에게 내려주십시오."

"검?"

수많은 보물과 누구나 탐낼 만한 검술, 뛰어난 마나 연공법과 드넓은 영지까지 버리고 검을 선택한 루시오스 남작의 모습에 베네시아 국왕은 의문을 품었다.

"예, 기사에게 있어서 검이라는 것은 생명과도 같은 것입니다. 그 검을 가문에 내거는 것으로 렉시온 후작을 처치한 공로를 만천하에 알리고 싶습니다."

"그런가? 원한다면 가지게. 따로 더 원하는 것은 없나?"

대수롭지 않은 얼굴로 수락하는 베네시아 국왕을 향해 루시오스 남작은 더 이상 원하는 것이 없다고 답하였다.

"그렇다면 이번에는 내가 원하는 것을 주겠네. 렉시온 후작을 처치하고 왕국의 귀족으로서 왕가에 진정한 충정을 내보인 루시오스 남작의 공을 치하해 5만 골드의 상금을 내리노라. 이에 불만이 있는 자가 있다면 당장 말하게."

"없습니다, 국왕 전하!"

모든 귀족이 일제히 허리를 숙이며 답하자 베네시아 국왕은 흡족한 미소를 지었다.

"그럼 그만 나가보게."

베네시아 국왕의 명에 따라서 루시오스 남작을 비롯한 지방 귀족들이 대전을 나가자 베네시아 국왕의 최측근 중 한 명인 데오닉 공작이 조심스럽게 베네시아 국왕에게 물었다.

"국왕 전하, 정말로 저들을 내버려 둘 생각이십니까? 후환이 될 싹은 미리 제거하는 것이……."

"공작."

"예, 전하."

"굳이 당연한 이야기를 반복해서 무엇하겠는가?"

베네시아 국왕의 답변에 데오닉 공작은 잠시 놀란 얼굴로 베네시아 국왕을 보았다.

그리고는 이내 씩 웃었다.

저 말은 저들을 제거해도 좋다는 뜻이다.

"그렇다면……."

"하지만 지금은 아니야. 지금 저들을 제거하려고 하면 피해가 커질지도 모르고 저들의 공백을 느낀 다른 왕국이 서부의 산맥으로 영향력을 확대하려고 들지도 모르지. 몇 년의 시간을 들여서 천천히 하나씩 제거하게."

베네시아 국왕의 명령에 데오닉 공작은 모든 근심을 씻은 듯이 지워 버리고 밝은 얼굴로 답하였다.

자신이라면 당장 목을 쳐버렸을 저 간악한 작자들을 살려두어 일단 다른 왕국을 견제시키고 하나씩 하나씩 그 세력을 제거해서 공백을 최대한 지우려는 것이다.

역시 자신들의 국왕다운 현명한 선택이다.

피해도 최소화할 수 있으니 자신들에게 있어서도 결코 나쁜 일은 아니었다.

Chapter 02
일상

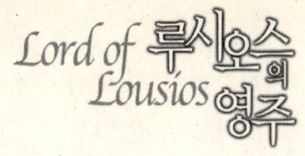

방 안에서 조용히 마나 연공법을 시행하고 있던 카이저는 두 눈을 반짝 떴다.

아버지인 루시오스 남작이 수도로 갔다는 소식을 어머니인 샤를리아에게 전해 듣고 벌써 보름이 지났다.

처음에는 단순한 방문이 목적이라고 생각했던 카이저 역시 이제는 빨리 돌아오지 않는 아버지에 대한 의문이 피어나고 있는 중이다.

뚜둑! 뚜두둑!

"크으! 역시 이 몸이 문제라니까!"

겨우 몇 시간 동안 제자리에 앉아 있었다고 피곤하다 못해 쓰러질 것만 같았다.

하지만 루시오스 남작의 시선이 없는 지금이 절호의 기회였기에 카이저는 끼니만 적당히 챙겨 먹으며 보름의 시간을 전부 마나 연공법에 투자하였다.

카이저가 설치한 마법진의 효과로 인해서 카이저의 방 안으로는 외부보다 족히 다섯 배가 넘는 마나가 모여들었고, 페네스 하임의 뛰어난 마나 연공법은 마나를 흡수하는 효율 역시 다른 마나 연공법의 세 배가 넘었다.

단순한 수치로 따지자면 15배 정도의 효율로 지난 보름 동안 200일을 투자한 것과 비슷한 효과를 얻을 수 있었다.

자리에서 일어난 카이저는 벽에 걸려 있는 검을 뽑아 들었다.

그렇게 나쁜 검은 아니지만 그렇다고 별로 좋은 것도 아닌, 루시오스 남작가의 기사들에게 지급되는 철검이다.

그 안에 카이저가 지난 보름 동안 쌓은 마나를 집어넣자 약간이지만 검을 두른 예기가 감돌고 단단해졌다.

마나의 기본인 대상을 강화하는 능력이다.

마나 유저의 경지에 오른 검사만이 사용할 수 있는 능력이다. 카이저는 딱 보름의 시간을 투자한 것으로 마나 유저 초급에 올라 있었다.

"이 속도라면 석 달쯤 후엔 익스퍼트가 될 거고, 1년 정도 투자하면 오러 마스터가 될 수 있겠군. 3년이면 소드 마스터도 가능하려나?"

원래 아무리 마나 연공법의 효율이 좋다고 할지라도 각 경지는 그에 합당한 깨달음이 없는 이상 결코 올라설 수 없다.

그러나 카이저에게 있어서는 하등 문제될 것이 없었다.

그는 카이저이기 이전에 페네스 하임으로 그랜드 소드 마스터라는 위대한 경지를 넘어 당대 검사들 사이에서도 전설과 다름없는 인물이기 때문이다.

페네스 하임이 도달한 경지는 그동안 대륙 역사상 누구도 오른 적이 없기에 페네스 하임이 편의상 소드 갓이라 칭했다.

그런 경지에 한 번 올라갔던 만큼 지나왔던 경지를 다시 지나가는 것은 그에게 어려운 일이 아니었다.

지금이라도 마나만 충분하다면 카이저는 오러 마스터 이상의 경지에 오른 검사만이 사용할 수 있다는 오러 블레이드를 쓸 수 있는 것은 물론, 그랜드 소드 마스터의 전유물이라는 이기어검 역시 사용할 수 있었다.

"항상 더 높은 경지를 갈구하며 답답했던 전생과는 비교도 안 되게 편하네."

갔던 길을 한 번 더 가는 것뿐이고 이미 어디로 가야 할지 알고 있으니 막힐 것이 없었다.

다만 거리가 거리이다 보니 조금 시간이 걸릴 뿐이다.

똑똑.

슬슬 출출하다는 생각이 들었을 때, 누군가가 방문을 두드렸다.

"도련님, 식사 시간입니다."

늘 식사 시간만 되면 어김없이 찾아와 식당까지 안내해 주는 하녀였다.

"지금 나가겠다!"

카이저는 하녀가 들을 수 있게 소리치고는 마법장을 살짝 수정해 모여 있던 마나를 대기에 흩어 버렸다.

일반인이라면 알아차리지 못하겠지만 마나를 느낄 수 있는 마나 유저 이상의 경지에 오른 이라면 이 방의 마나가 인위적으로 모여 있다는 것을 알아차릴지도 모르기 때문이다.

마나가 흩어지는 것을 확인한 카이저는 그제야 문을 열고 방을 나섰다.

"아버지!"

식당으로 나온 카이저는 보름 만에 돌아온 루시오스 남작을 발견하였다.

"카이저……."

"아버지, 그동안 어디 가셨던 거예요?"

"일이 있어서 수도에 좀 다녀왔다."

무언가 상당히 피곤하고 지쳐 보이는 루시오스 남작의 모습에 의문이 들었지만 대수롭지 않게 여겼다.

"그보다 카이저."

루시오스 남작이 자신을 부르자 카이저의 표정이 아주 약간이지만 굳어졌다.

지금 루시오스 남작은 카이저보다도 높은 경지에 오른 인물이다.

카이저가 최대한 숨긴다고 숨겼지만 카이저의 경지를 충분히 꿰뚫어 볼 수 있을지도 모를 일이다.

"예."

"수련은 제대로 하고 있느냐?"

"그, 그게……."

"쯧, 알았다. 하지만 이제부터는 제대로 수련해야 한다."

마나는 충분히 쌓고 있었지만 아무래도 연무장으로 나가지 않고 방 안에만 틀어박혀 있다 보니 아버지인 루시오스 남작의 입장에서는 카이저가 놀고 있는 걸로밖에는 보이지 않았다.

카이저 입장에서는 억울한 노릇이지만 그렇다고 수련 모습을 보여줄 수는 없었기에 어쩔 수 없었다.

루시오스 남작은 잠시 그를 노려보다가 곧 기사단장을 불러 앞으로 직접 카이저에게 검술을 지도하라고 일러둔 이후에야 식사를 시작하였다.

카이저는 조심스레 루시오스 남작의 눈치를 살피며 식사를 시작하였다.

'나를 가르친다고?'

페네스 하임은 그 누구의 가르침을 받지 않고도 그 누구보다 높은 경지에 올랐다.

그에게 가르침을 청하는 이들은 수없이 많았으나 가르침을 주기 위해서 찾아온 인물은 단 한 명도 없었다.

감히 대륙 최고의 검사를 누가 가르칠 수 있겠는가?

'당장은 어울려 주겠지만 그리 오랜 시간은 필요 없겠지.'

3년 정도만 지나도 자신의 목숨 정도는 충분히 지켜낼 수 있는 실력을 갖추게 된다.

그쯤 되면 더 이상 이런 시골 영지에 남아 있을 필요가 없었다.

비록 루시오스 남작가의 후계를 이을 유일한 후계자였으나 카이저는 루시오스 남작령에 아무런 애정도 없었고 조그마한 남작령에 집착할 정도로 욕심이 많지도 않았다.

카이저가 원하는 것은 오직 하나, 보다 높은 경지를 갈구하는 것이다.

전생의 기억이 있으니 보다 빠른 속도로 강해질 수 있을 것이고 좋은 기회만 잡는다면 전생의 경지를 뛰어넘을 수 있을 지도 모른다.

검의 길에는 끝이 없고 검사로서 새로운 경지를 깨닫는 것 만큼 즐거운 일은 없다.

식사가 끝나고 카이저는 기사단장을 따라 어쩔 수 없이 연무장으로 나가야만 했다.

카이저가 자리를 비우자 루시오스 남작을 걱정스러운 눈길로 바라보던 샤를리아가 입을 열었다.

"당신, 괜찮아요?"

"무엇이 말이오?"

"소식 들었어요. 직접 렉시온 후작 각하를……."

렉시온 후작의 이름이 샤를리아의 입에서 나오자 루시오스 남작은 몸을 움찔했으나 곧 묵묵히 고개를 끄덕였다.

자신은 이 두 손으로 렉시온 후작의 목을 베어야만 했다.

가족들을 지키기 위해서 어쩔 수 없는 선택이었다.

"난 괜찮소. 하지만 지금은 잠깐 시간을 벌었을 뿐, 베네시아 국왕이 어떻게 나올지는 알 수 없소."

"그럼 아직 끝난 게 아니라는 말인가요?"

"우리가 모두 죽기 전까지는 절대로 끝나지 않겠지."

루시오스 남작이 카이저에게 수련을 하라고 한 것은 단지 기사로서의 의무감 때문이 아니었다.

하다못해 자신의 목숨 정도는 지킬 수 있는 실력을 키워놓지 않는다면 언제 어떤 상황에 목숨을 잃게 될지 알 수 없었다.

아직까지는 나이가 어리기 때문에 모든 진실을 말해줄 수 없어 그냥 수련을 하라고만 말해두었지만 조금만 더 자란다면 진실을 이야기해 주고 지금의 상황이 얼마나 위험한 것인지 말해줄 계획이다.

"절대로 말이오."

루시오스 남작의 두 눈이 차갑게 빛났다.

*   *   *

"준비는 되셨습니까?"

기사단장의 물음에 카이저는 심드렁한 얼굴로 고개를 끄덕이고 자세를 취했다.

지금의 경지가 마나 유저 초급, 사실상 경지를 나타내는 위치 중 가장 낮은 경지이기는 하지만 그것만으로도 일반인은 상대가 안 되는 실력이라고 자신할 수 있었다.

그러나 그렇다고 해도 상대는 익스퍼트 상급의 기사단장이다.

카이저가 지금의 마나 연공법을 계속해도 그를 꺾기 위해서는 최소 반년 이상의 시간이 필요한 상대인 것이다.

'적당히 하면 되겠지.'

지금 카이저의 나이는 고작 열 살. 이 나이에 마나 유저 초급의 경지에 올랐다면 천재 소리를 들을 것이다.

하지만 실력을 모두 보이는 정도가 아닌 수준으로 적당히 한다면 기사단장도 별다른 의심은 하지 않을 것이다.

"얼마든지 와도 돼."

"그럼 가겠습니다."

카이저의 답이 돌아오자마자 기사단장은 기다렸다는 듯이 카이저에게로 달려들었다.

사선으로 들어오는 기본적인 베기가 나왔고, 카이저는 검을 들어 가볍게 기사단장의 일격을 막아내었다.

너무나 눈에 띄는 뻔한 궤도로 오는 공격이었기에 이것을 막아내는 건 그다지 이상한 일이 아니었고, 카이저가 멋모르고 루시오스 남작 앞에서 페네스 하임의 검술을 펼쳤을 때도 이 정도는 충분히 막을 만한 실력을 보여줬다.

육체가 따라주지 못하는 문제가 있기는 하지만 페네스 하임의 기억을 지닌 카이저의 검술에 대한 깨달음은 기사단장이나 루시오스 남작은 물론 이 대륙의 그 누구도 따라갈 수 없는 위치였다.

채앵!

서로의 검이 맞닿고 기사단장이 재차 빈틈을 노리고 공격을 해왔다.

이번에 카이저는 방어를 아예 포기하고 뒤로 물러나서 기사단장의 공격을 피한 다음 역으로 기사단장의 허벅지를 노리고 검을 휘둘렀다.

그러나 기사단장은 기사단장이었다.

그는 가볍게 카이저의 반격을 막아내고 곧장 카이저의 목에 검을 들이밀었다.

그런 기사단장의 목적을 미리 알아차린 카이저였으나 순순히 그에게 당해주었다.

"좋습니다. 실력이 조금 늘어나셨군요. 그럼 다시 가겠습니다."

대답하기도 귀찮았던지라 카이저는 침묵으로 긍정하고 기사단장과의 대련을 이어나갔다.

사실 열 살의 나이에 진검을 사용하는 대련을 시킨다는 것은 꽤나 위험한 일이었으나 아무래도 아버지인 루시오스 남작이 보기에 카이저는 한참 어린아이에 불과하였던 모양이다.

이런 대련을 벌일 수 있는 건 둘의 실력 차이가 그만큼 클 때뿐이니 말이다.

'내가 살면서 이런 대우를 받은 게 언제였더라?'

페네스 하임의 입장에서도 상당히 젊었을 때의 일이라 잘 기억나지도 않았다.

페네스 하임은 타고난 천재였고 노력가였다.

제대로 된 스승이나 좋은 환경을 만나지 못한 것이 유감이기는 하였지만 그것들을 충분히 따라잡을 정도로 페네스 하임은 뛰어났다.

그렇기에 젊은 시절을 제외하고는 언제나 제대로 된 적수가 없었다.

그런 그의 생각과는 다르게 기사단장은 카이저와 대련하면서 크게 당황하고 있었다.

어떤 경우가 있어도, 어떤 방향으로 기습을 가하더라도 카이저는 반드시 첫 번째 일격은 확실하게 막아내고 있었다.

속도부터 몇 배나 앞서는 기사단장인 자신의 검을 막아낸다는 말은 곧 그가 공격해 올 방향을 미리 읽고 있다는 의미였다. 루시오스 남작가의 검술을 제대로 익히지 못한 카이저가 그것이 가능하다는 건 그야말로 천부적으로 타고난 재능이 있다는 의미이다.

게다가 그뿐인가?

기사단장은 체급에서도 힘에서도 카이저를 앞서고 있었다.

그럼에도 불구하고 카이저는 검을 놓치지 않았고 손에 상당한 무리가 갈 것임에도 불구하고 아프다는 반응 한 번 내보이지 않았다.

마치 노련한 검사라도 되는 것처럼 말이다.

카이저 제 딴에는 제대로 속인다고 행동하고 있지만 검술의 이해도에서 상당한 차이가 있기 때문에 도대체 어느 정도로 맞추어야 자신의 또래에 맞는 실력인지 제대로 가늠이 되지 않는 것이다.

더구나 과거보다 경지가 더 떨어지는 지금의 대륙이기에 그 차이로 인해서 더욱 혼란스러웠다.

그러니 기사단장의 입장에서는 상당한 실력을 지닌 카이저가, 카이저의 입장에서는 형편없는 모습이 보이는 것이다.

'역시…….'

기사단장은 처음 카이저가 검술을 펼쳤던 날을 떠올렸다.

그날은 확실하게 이상했다.

카이저는 루시오스 남작가의 검술과는 전혀 그 궤를 달리하고 있는 새로운 검술을 펼쳐 보였다. 그 검술은 기사단장의 두 눈으로 봤을 때 매우 완성도 높고 뛰어난 것이었다.

게다가 남작가 저택에 있는 책을 전부 읽어버리는 특출함을 내보이지 않았던가?

어째서인지 그 뒤로 다시 잠잠해지기는 했지만 지금 이 대
련으로 기사단장은 카이저가 의도적으로 힘을 숨기고 있다고
생각하게 되었다.

처음에 내보였던 것은 치기에 의한 것이었고, 지금은 자신
이 가진 재능이 어느 정도인지를 알게 되어 함부로 드러내기
보다는 숨기면서 더 힘을 키울 생각인 것 같았다.

'굉장하신 분이다.'

기사단장이 조금 힘을 주자 카이저는 정신없이 뒤로 밀리
기 시작하였다.

그러나 그럼에도 불구하고 카이저는 꺾이지 않았다.

기사단장의 공격 패턴을 파악하기라도 한 듯이 미리 공격
의 맥을 끊어버리고 좋은 위치를 선점하여 정확하게 빈틈을
노리고 파고든다.

이건 도저히 천재라는 말로밖에는 설명할 수 없는 모습이
다.

다만 카이저의 입장에선 이 정도는 기본에 속해서 문제지
만.

'그렇다면 도련님께서 조금 더 의욕이 가질 수 있게 해드
려야겠군.'

기사단장의 두 눈이 반짝 빛나더니 조금 전과는 비교할 수
도 없이 번개 같은 속도로 검이 내질렀다.

카앙!

맑은 쇳소리와 함께 카이저가 쥐고 있던 검이 허공을 붕붕 날다가 연무장 바닥에 떨어졌다.

검을 놓친 카이저의 표정이 처음으로 일그러졌다.

"도련님, 지금 검을 놓치셨습니다."

"…그렇군."

"검사가 검을 놓친 것은 죽음이라는 말과 같은 뜻입니다. 지금 도련님은 죽음을, 그것도 수치스러운 죽음을 맞이하신 겁니다."

기사단장의 설명에 카이저의 얼굴이 점점 더 일그러졌다.

갑자기 기사단장이 전력을 다해서 검을 휘둘러 적당히 싸우고 있던 카이저가 미처 반응하기도 전에 검이 손을 떠나 버렸다.

단지 평범한 천재 소년인 카이저였다면 모르겠으나 대륙 최고의 검사였던 페네스 하임의 입장에서는 수치도 이런 수치가 없었다.

'이게 장난하나?'

자신이 본래의 실력을 내보일 수만 있다면 눈앞의 기사단장은 일격에 몸을 둘로 나눠 버릴 수도 있다.

아니, 직접 손을 쓸 필요도 없이 이기어검을 통해 가까이 접근조차 못하게 제거할 수 있었다.

'갑자기 전력으로 나오다니, 나를 죽이기라도 할 작정인가?'

카이저는 불만스러운 얼굴로 기사단장을 노려보았다.

분명 카이저의 본능은 위험하다는 경고를 보내줬으나 이미 그때는 검을 놓친 뒤였다.

역시 몸이 따라주지 못하니 위험을 알아도 피할 수가 없는 것이다.

"오늘은 여기까지 하겠습니다. 도련님에게 어떤 부분이 문제였는지 잘 생각해 보십시오."

기사단장이 대련을 끝내자 가르침을 받은 입장에서 카이저는 고개를 숙였으나 속으로는 기사단장에 대해 욕을 늘어놓았다.

자신에게 있어 문제였던 부분?

헛소리다.

자신은 완벽하게 전력을 보이지 않은 기사단장과 호흡을 맞추고 있었고, 그렇기에 최고의 타이밍에 최고의 위치를 선점하며 대련을 이어나갈 수 있었다.

검을 놓친 것은 순전히 기사단장이 갑자기 몇 배나 빠른 속도로 몇 배나 더 큰 힘을 가했기 때문이다. 아무리 악착같이 붙잡아도 충격을 견디지 못하고 놓쳐 버릴 수밖에 없었다.

'이거 실력을 숨기지 말고 그냥 전력으로 싸워 버려?'

생각해 보면 이상하게 여기기는 하겠지만, 실력을 드러낸다고 해도 카이저에게 있어 불리한 부분은 없었다.

그래봤자 기사단장을 꺾을 수는 없겠지만 적어도 만만하게 보이지는 않을 것이다.

그러나 이내 카이저는 고개를 저었다.

이렇게 자신의 감정을 제대로 제어해 내지 못해서야 진짜로 어린아이와 다를 바가 없었다.

자신은 카이저이기 이전에 페네스 하임이라는 것을 기억해 둬야 했다.

'내 반도 못 산 놈에게 열 받아서 뭐해?

그런 카이저의 생각을 기사단장은 평생 알 수 없었다.

* * *

당장에라도 무슨 일이 벌어질지도 모른다는 루시오스 남작의 걱정과는 다르게 베네시아 국왕은 렉시온 후작을 지지했던 귀족들에게 별다른 위해를 가하지 않은 채 마치 없는 것처럼 무시하며 자신의 왕권을 강화하고 자신을 지지해 준 중앙 귀족들에게 상을 내리는 것에 여념이 없었다.

그러는 사이 루시오스 남작령은 제법 평화로운 시간을 보낼 수 있었다.

카이저는 기사단장에 대한 복수를 곱씹으면서도 자신이 유치한 행동을 하는 건 아닐까 고민하며 일단 루시오스 남작의 뜻에 따라 검술 수련을 하였다. 루시오스 남작은 베네시아 국왕과 중앙 귀족들의 움직임을 주시하기 위해 자주 영지를 비웠기에 카이저에게 제대로 신경 쓸 수가 없었다.

채앵!

"전보다 더 좋아지셨군요."

기사단장은 씩 웃으며 자신과 검을 맞대고 있는 상대 카이저를 보았다.

그 뒤로 석 달, 그사이 카이저의 검술 실력은 놀라울 정도로 발전했다.

"아직 멀었지!"

하지만 카이저는 기사단장의 말에 동의하지 않았다.

페네스 하임과 비교하면 자신의 실력은 한참이나 부족하다.

아예 비교하는 것 자체가 대륙 최고의 검사였던 전생의 페네스 하임에게는 모욕이나 다름없다.

채채챙!

카이저의 손에 들린 검이 무시무시한 속도로 움직이며 기사단장의 빈틈을 공략해 들어갔다.

지난 한 달 동안 루시오스 남작가의 검술에 집중하다 보니 그것에 또 익숙해져서 기존보다 훨씬 자연스러운 공격을 할 수 있게 되었다.

"아니요. 꽤나 훌륭하십니다!"

기사단장이 놀란 부분은 카이저의 기교에 있었다.

루시오스 남작가의 검술에 도대체 무슨 짓을 해놓은 것인지 자기 마음대로 응용하며 검술의 빈틈만을 정확하게 노린다.

그전까지는 그냥 익히기만 했고 제대로 수련을 시작한 것이 한 달 전인 것을 생각하면 이미 카이저는 몇 년 동안 이 검술을 수련한 다른 이들과 비교해도 결코 뒤처지지 않았다.

'역시 천재야!'

기사단장은 루시오스 남작보다도 더 나이가 많은 기사로 루시오스 남작의 어렸을 때의 모습을 알고 있다.

그때는 다른 기사단장이 루시오스 남작을 가르쳤으나 당시의 루시오스 남작의 실력은 눈앞에 있는 카이저에 결코 미치지 못한다.

바꿔 말해 카이저는 벌써부터 아버지인 루시오스 남작보다 빠른 성취를 내보이고 있다는 말이다.

그것도 확연하게 구분이 될 정도로 뚜렷하게 말이다.

'이 정도라면 수련 기사들과 비교해도 별 차이가 없겠어.'

고작 한 달의 시간만으로 몇 년 동안 검술을 갈고닦은 수련 기사들과 비슷한 경지에 올랐다는 것은 진심으로 감탄스러운 부분이다.

"하아! 하아!"

땀으로 전신을 흠뻑 덮은 카이저가 거친 숨을 몰아쉬며 뒤로 물러나자 기사단장도 검을 거두었다.

"오늘은 여기까지 하겠습니다."

기사단장은 카이저를 향해 웃어주고는 먼저 연무장을 벗어났다.

카이저는 제자리에 쓰러지듯이 풀썩 주저앉고는 머리를 벅벅 긁었다.

기사단장과의 대련은 이제 신물이 날 정도로 지겨웠고, 그런 기사단장을 꺾지 못하는 자신에게 점점 더 열 받았다.

자기가 살아온 삶의 반도 안 산 기사단장에게 열 받는 것이 웃긴 일이라고 생각했지만 그런 상대에게 지는 건 오히려 더 웃긴 일이 아닌가?

그렇게 생각하자 기사단장이 대해 굉장히 짜증나기 시작한 카이저였다.

"제길!"

이를 부득 갈며 기사단장이 사라진 방향을 노려보던 카이저는 자리에서 벌떡 일어났다.

일단 가볍게 씻고 다시 방으로 들어가서 마나 연공법으로 조금 더 빠르게 경지를 올린다.

요 근래 잠자는 시간까지 아껴가며 카이저는 미친 듯이 마나 연공법에 집중하고 있었다.

"이긴다! 절대로 이긴다고!"

패배를 그토록 싫어하던 검사가 자기보다 실력이 떨어지는 상대를 이기지 못하고 수십 번이나 패배하였으니 카이저의 분노는 갈수록 커져갔다. 기사단장은 이를 알아차리지 못하고 오히려 투지를 불태운다고 좋아했다.

그 투지가 사실은 독기인지도 모르고 말이다.

+

똑똑.

문을 두드리는 소리에 카이저는 부스스한 상태로 잠에서 깨어났다.

잠시 멍한 얼굴로 자신의 정면에 보이는 것이 천장이라는 걸 깨닫기까지 약간의 시간이 걸린 카이저는 이내 눈을 번쩍 떴다.

밤을 새워 마나 연공법을 한다고 하였는데 어느 사이엔가 자신도 모르게 깜빡 잠이 든 모양이다.

카이저는 황급히 마법장을 거둬서 방 안에 잔뜩 모여 있는 마나를 흩어 버렸다.

"도련님, 아직 주무시나요?"

"일어났다."

"그럼 서둘러 주세요."

"서두르다니, 무슨 일이라도 있는 것이냐?"

"어머, 잊으셨나요? 오늘이 도련님의 생일이잖아요."

하녀의 말에 카이저는 적지 않게 놀랐다.

그날이 오늘이었던가?

어쩐지 어제 하인과 하녀들이 상당히 바쁜 것 같았는데 하필 그 이유가 자신의 생일 때문일 줄은 생각지도 못하였다.

"아니, 잠깐······."

서둘러서 옷을 갈아입으려던 카이저는 곧 한 가지 사실을 떠올리고는 문 너머에 있을 하녀에게 물었다.

"아버지께서는 돌아오셨어?"

지금 루시오스 남작은 영지를 비운 상태이다.

"아니요. 하지만 도련님의 생일은 저희 루시오스 남작령의 축제와 겹치잖아요. 그러니 빼먹어서는 안 된다고요."

자신의 생일이 영지의 축제와 겹친다는 걸 카이저는 그제 야 기억해 냈다.

아니, 정확히는 카이저가 태어났던 날을 루시오스 남작이 축제로 지정했던 것이다.

"아, 그랬지."

도대체 왜 생일과 축제가 겹친 것인지 처음에는 불만스럽게 생각하던 카이저는 일 년에 두 번 있을 축제를 한 번에 겪을 수 있다는 사실에 지금은 감사하고 있다.

수련에 투자할 시간이 하루 더 늘어나기 때문이다.

"조금만 더 기다려!"

부랴부랴 옷을 갈아입은 카이저는 황급히 방문을 열었다.

막 방을 나오는 카이저의 모습을 찬찬히 살피던 하녀는 무언가 재미있는 걸 발견했는지 한 손으로 입을 가리며 갑자기 웃기 시작했다.

"도, 도련님, 아래쪽이요."

"응?"

하녀의 웃음에 의아한 얼굴을 하던 카이저는 시선을 아래로 내리고는 그대로 굳어 버렸다.

"바, 바지! 잠깐만!"

카이저는 다시 문을 닫아 버렸다.

비록 그 상대가 하녀이기는 하지만 페네스 하임의 입장에서는 참으로 창피한 일이 아닐 수 없었다.

'어린아이의 몸으로 지내다 보니 내 정신도 어려진 거 아니야?'

카이저는 혹시 그런 것이라면 어떻게 해야 하나 고민에 빠졌다.

그리고 답은 금방 나왔다.

모든 건 시간만이 해결해 줄 거라는 답이 말이다.

*　　　*　　　*

루시오스 남작령 인근의 산길을 한 남자가 걷고 있다.

그는 깊은 근심이 있는 듯 어두운 얼굴에 약간은 원망스러운 시선으로 하늘을 올려다보다가 다시 발길을 재촉했다.

그러나 곧 정면에서 느껴지는 강한 살기에 남자는 발걸음을 멈추었다.

우워어어!

어떤 생물의 포효 소리가 앞에서 들려오더니 땅이 울리기 시작하였다.

쿵쿵거리는 소리에 남자는 금방 생물의 정체를 유추해 내고는 허리춤으로 손을 가져갔다.

두꺼운 외투에 가려져 있던 상당한 명검이 은은한 빛을 발하며 칼집에서 뽑혀져 나왔다.

쿠웅!

육중한 발소리와 함께 마침내 거대한 생물이 모습을 드러냈다.

성인 남성의 세 배에 달하는 큰 키와 성인 남성의 허벅지보다 더 굵은 팔뚝, 주요 부위만을 간신히 가리고 있는 가볍다 못해 다 벗은 듯한 차림의 몬스터, 오거였다.

익스퍼트의 경지에 오른 기사들조차 상대하는 데 목숨을 걸어야 한다고 알려져 있는 지상 몬스터의 강자 중 하나이자 먹이사슬에서도 상당히 높은 위치를 차지하고 있는 강력한 포식자이다.

쿵쿵쿵!

남자를 발견한 오거는 지체하지 않고 곧장 남자를 향해 뛰어왔다.

지난 며칠 동안 제대로 된 사냥감을 구하지 못해 오거는 매우 굶주린 상태였기에 눈앞에 있는 상대에 대해서 살필 생각을 전혀 하지 못하였다.

그리고 그것은 오거의 치명적인 실수였다.

촤아아악!

눈앞에 있던 남자가 갑자기 사라지더니 오거의 몸이 세로로 나뉘어 피분수를 흩뿌리며 바닥으로 쓰러졌다.

남자는 피 한 방울 튀지 않은 검을 다시 집어넣으며 오거에게는 눈길조차 주지 않고 다시 움직이기 시작했다.

Chapter 03
루스웰 백작

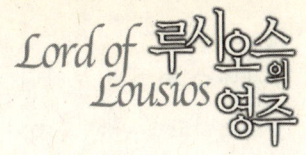

"축제라고 하지만 역시 꽤나 소박하네."

저택을 나온 카이저는 축제가 벌어지고 있는 영지 이곳저곳을 돌아보고는 감상을 내놓았다.

전생에 보았던 진정한 축제에 비교한다면 한 영지의, 그것도 유동 인구도 거의 없고 거주 중인 영지민의 숫자도 겨우 2만 정도밖에 되지 않는 루시오스 남작령의 축제는 매우 소소하고 간략했다.

이게 마을의 장이 선 것인지 아니면 축제를 벌이고 있는 것인지 제대로 구분도 가지 않을 정도였다.

페네스 하임이 보았던 왕과 귀족들의 우아하고 화려하며 사치스럽고 요란한 축제와는 전혀 달랐다.

"카이저 도련님 아니십니까!"

"음?"

과일가게를 지나갈 때쯤 과일을 팔고 있던 상인이 벌떡 자리에서 일어나 카이저에게 반가운 얼굴로 인사를 건넸다.

"아……."

카이저는 빤히 과일가게 상인의 얼굴을 응시한 뒤에야 그가 누구인지를 떠올릴 수 있었다.

워낙 유동 인구가 없는 루시오스 남작령이다 보니 거래를 하는 사람은 언제나 똑같았다.

눈앞에 있는 상인은 루시오스 남작가에 식료품을 보내주고 있는 남자였다.

가끔 연무장에서 기사단장과 대련할 때 지나가는 걸 몇 번 본 적이 있다.

"마침 잘 오셨습니다. 제가 도련님의 생일을 기념해서 특별히 좋은 것들로 골라놨습니다."

과일가게 상인은 한 상자의 뚜껑을 열어 보였다.

싱싱한 과일이 잔뜩 들어 있는 상자가 눈앞에 드리워지자 상큼한 과일 향기가 카이저의 코끝을 찔렀다.

"어떻습니까? 이렇게 색이 진하고 향기가 좋은 것이 잘 익은 것들인데, 특히⋯⋯."

상인이 과일에 대한 설명을 늘어놓으려고 할 때 카이저가 손을 뻗어 과일 하나를 집어 들어 그대로 베어 물었다.

입 안을 가득 채우는 달콤한 과즙과 아삭거리는 식감이 나쁘지 않았다.

"아주 맛있군."

"카이저 도련님!"

카이저가 막 과일 맛에 대한 평가를 내렸을 때, 이번에는 다른 상인이 멀쩡히 살아 있는 닭 한 마리를 들고 왔다.

"도련님의 생일을 축하드리는 의미에서 제가 준비한 것입니다. 부디 받아주시죠."

"에?"

살아 있는 닭을 얼떨결에 받아 든 카이저가 어리둥절한 얼굴로 그 상인을 볼 때 또 다른 상인이 나타났다.

"도련님!"

"아이고, 도련님!"

"카이저 도련님!"

"자, 잠깐만⋯⋯."

카이저는 식은땀을 흘리며 자신을 둘러싸기 시작하는 영지민들을 보았다.

도대체 이게 무슨 상황인지 이해가 되지 않았다.

카이저가 알고 있는 귀족과 영지민들의 관계라면 카이저가 거드름을 피우고 지나가면 영지민들이 고개를 조아리다가 그가 사라지면 욕이나 한마디 내뱉는 것이다.

그런데 도대체 이 반응은 무엇이라는 말인가?

아무리 오늘이 축제고 카이저 본인의 생일이라고 해도 굉장히 특이한 광경이다.

페네스 하임의 기억에도 영지민들이 이렇게 귀족에게 친근하게 다가온 적은 없었다.

눈앞에 과일과 고기가 내밀어지고 사방에서 밀어대는 영지민들 때문에 카이저의 호위를 책임지고 있는 병사들은 그 인파에 밀려서 어딘가로 사라져 버린 지 오래였다.

"꾸엑!"

그러다가 오리 한 마리가 옆에 있던 닭을 쪼았고, 닭이 화들짝 놀라며 날개를 퍼덕이자 몰려들었던 영지민들이 우왕좌왕하기 시작했다.

닭을 잡으라고 소리치고 오리도 그사이에 탈출하여 한순간 아수라장이 된 틈을 타 카이저는 황급히 인파를 뚫고 골목으로 탈출했다.

"헉헉!"

골목 모퉁이를 돌아선 카이저는 거친 숨을 몰아쉬며 확인차 고개를 돌려 영지민들의 모습을 살폈다.

다행히 카이저가 이 안으로 들어오는 것을 본 사람은 없는 것 같았다.

"뭐야? 대체 이게 뭐지?"

페네스 하임의 기억과 카이저의 기억에 무언가 문제가 있는가?

아니, 분명 페네스 하임의 입장에서는 지금의 상황이 꽤나 이상하기는 하지만 카이저의 경우에는 이상하다고 생각할 수 없다.

그동안 하도 방에만 틀어박혀 어지간해서는 저택도 잘 나오지 않았으며 기껏 나왔을 때는 모든 영지민이 일을 하느라 바빠서 카이저를 알아보지 못했던 것이다.

루시오스 남작은 남작령의 모두가 존경하는 영주였고 그 식솔들 역시 존경을 받고 있었으니 저런 영지민들의 반응이 크게 이상한 것도 아니었다.

그러나 이런 사실을 제대로 알 턱이 없는 카이저는 이 상황에 묘한 기분을 느꼈다.

자신이 알고 있는 상식에 대한 괴리감도 있었지만 그보다는 자신을 좋아해 주는 모습에 대한 의문이다.

도대체 왜?

자신은 딱히 저들에게 무언가를 해준 기억이 없다.

"그런데 왜 저러는 거야? 뇌물을 주는 것과는 조금 많이 달라 보이는데⋯⋯."

귀족에게 뇌물을 바치는 경우라면 전생에서도 흔하게 있었다.

페네스 하임은 몰락 귀족의 자식이었으나 명색이 대륙 최고의 검사였으니 페네스 하임과 친분을 쌓으려는 자들은 넘쳐났다.

당시 국왕만 해도 페네스 하임에게 최고의 환대를 해주었으니 말이다.

그렇기에 저게 뇌물과는 무언가 다르다는 것 정도는 알 수 있었다.

"앗! 도련님?"

"도련님이 사라지셨다!"

"빨리 찾아봐!"

소란이 잦아들자 영지민들과 병사들이 당황하며 카이저를 찾기 시작했다.

하지만 지금 나갔다가는 조금 전과 같은 상황이 벌어질 거라는 생각에 카이저는 아예 대로로 나가는 것을 포기하고 골목길을 돌아다니기로 생각을 바꾸었다.

"일단 이쪽으로⋯⋯."

하지만 막 한 걸음을 뗀 카이저는 그대로 그 자리에 얼어붙었다.

두꺼운 외투를 걸친 한 남자가 카이저의 모습을 가만히 주시하고 있었기 때문이다.

"……."

그 남자는 아무 말도 없이 잠시 카이저를 보다가 몸을 돌렸다.

조금 전에 영지민들이 마구 달려들었던 것과는 굉장히 상반된 반응이었으나 카이저는 그의 무관심한 태도에 대해서 조금도 신경 쓸 수가 없었다.

'언제부터 있었던 거지?'

이렇게 가까운 위치에서 자신을 보던 시선이 있었음에도 불구하고 전혀 알아차리지 못하였다.

페네스 하임의 힘이 없다고 할지라도 지금의 카이저는 이미 어지간한 기사들과 맞먹는 익스퍼트의 경지에 올라 있다.

그 정도라면 주위에서 자신을 살피는 시선 정도는 가볍게 알아차릴 수 있을 텐데 카이저는 아무것도 느끼지 못했다.

시장처럼 사람들이 붐비는 복잡한 장소도 아니고 저 남자와 카이저 단둘만이 있는 골목인데도 말이다.

이런 경우가 성립하기 위해서는 남자가 자신의 기척을 가볍게 지워 버릴 수 있을 정도로 엄청난 실력을 지니고 있어야만 한다.

'설마 오러 마스터라고?'

카이저는 경악했다.

루시오스 남작가에 있어서 유일한 오러 마스터인 루시오스 남작이 자리를 비운 이 시점에 다른 오러 마스터가 영지에 있다는 것은 결코 예삿일이 아니다.

베네시아 왕국 전체를 뒤져봐도 오러 마스터의 숫자는 오십 명을 넘지 않는다. 그중 한 명이 가문의 영지에 들어왔음에도 불구하고 전혀 파악하지 못하고 있는 것이다.

아무리 축제 때문에 검문이 허술해졌다고는 하지만 이건 말도 안 되는 소리였다.

'도대체 왜 오러 마스터가 여기에 있는 거야?'

기사단장의 실력이 익스퍼트 상급이고 지금의 카이저는 아직 초급에 불과하다.

루시오스 남작이 영지를 비운 지금 오러 마스터가 난동을 부린다면 루시오스 남작령 전체가 엄청난 피해를 입게 될 것이다.

모든 기사와 병사들이 목숨을 걸고 싸워야 가까스로 이길 것이고, 그 과정에서 태반에 달하는 이들이 죽임을 당할 정도로 오러 마스터는 무시무시한 전력이다.

익스퍼트 초급 넷이 모여야 중급을, 초급 여덟이 모여야 상급을 상대할 수 있다는 것이 현 대륙의 정설이다.

하나의 경지가 두 배에 달하는 인력을 필요로 하고 거기에 익스퍼트와 오러 마스터처럼 중급에서 상급이 아니라 전혀 다른 위치의 경지에 오른 자를 상대하기 위해서는 거기에 다시 두 배 정도의 숫자가 필요하다.

익스퍼트 상급인 기사단장이 최소한 여덟 명은 있어야 오러 마스터 초급을 간신히 상대할 수 있다.

"……."

잠시 남자의 뒷모습을 바라보던 카이저는 조심스럽게 남자의 뒤를 따라 걷기 시작했다.

싸우려는 것은 절대 아니다.

오히려 최대한 자신의 기척을 감추고 미행에 초점을 맞추었다.

단지 우연히 이 영지를 방문한 것인지 아니면 다른 목적이 있는 것인지 반드시 확인해야만 했다.

몇 번 골목을 돌던 남자는 이윽고 골목에서 벗어나 근처에 있는 한 가게로 들어갔다.

'여관이군.'

가게에 표시된 간판을 확인한 카이저는 문 앞에서 잠시 망설였다.

여관 안으로 들어갔다가 그 남자가 자신을 보게 되면 미행을 하고 있다고 의심할지도 모른다.

그렇지만 축제라서 손님들도 많으니 자신에게 쉽사리 허

튼짓은 하지 못할 거라고 생각한 카이저는 마음을 굳게 먹고 문을 열었다.

오러 마스터라고 해도 귀족을 살해할 수는 없는 법이다.

그랬다가는 현상범 신세가 되어버릴 테니.

그러나 여관 안으로 들어선 카이저는 그대로 돌처럼 굳어 버렸다.

없다.

손님이 많을 거라고 생각했던 여관은 위치가 상당히 외곽 이어서 그런지는 몰라도 축제임에도 불구하고 오히려 조용한 분위기였다. 여관 안에 있는 것은 자리에 앉아 자신을 응시하는 조금 전 그 남자와 여관 주인뿐이었다.

"무엇으로 주문하시겠습니까?"

여관 주인은 카이저가 들어온 걸 보지 못했는지 남자에게 다가가서 주문을 받았다.

"과일주에 안주는 적당한 걸로 2인분."

"2인분? 일행이 있으십니까?"

"저쪽 꼬마."

여관 주인의 물음에 남자는 무심하게 카이저를 가리키며 말했다.

이에 여관 주인은 몸을 돌려 카이저를 보고는 고개를 끄덕 이고 돌아갔다.

아무래도 카이저의 얼굴을 알아보지 못한 것 같았다.

남자의 얼굴이 익숙하지 않은 외부인이다 보니 남자와 일행이라는 카이저 역시 외부인으로 생각한 것이다.

조금 전 카이저를 알아본 것은 어디까지나 과일가게의 상인이 카이저의 얼굴을 알고 있었고 영지의 병사들도 대동하고 있었기 때문이다.

"뭐하냐? 앉아라."

남자가 자리를 권하자 카이저는 도망갈까 진지하게 고민하기 시작했다.

최대한 숨긴다고 숨겼는데 마치 처음부터 미행을 알아차리기라도 한 것 같은 반응이다.

하지만 페네스 하임의 자존심도 있고 오러 마스터가 무엇 때문에 영지를 방문했는지 알아야 한다는 생각에 카이저는 남자가 권한 자리에 착석했다.

"아까 도련님이라고 불린 걸 보니 이 영지의 영주 아들인가 보군."

"루시오스 남작의 아들 카이저 루시오스다."

카이저의 당당한 자기소개에 남자는 피식 웃었다.

"왜 나를 따라왔지?"

"수상하니까."

카이저의 대답에 남자의 미소가 더욱 짙어졌다.

"이거 실례했군. 아니, 실례했습니다, 도련님."

"당신에게 도련님이라고 불릴 이유는 없어."

"그렇게 정 많은 성품은 아니군."

남자는 잠깐 카이저에게 존대하던 태도를 바로 버리고 편하게 대하기 시작했다.

"루시오스 남작은 잘 있나?"

"아버지와 아는 사이인가?"

"안면 정도는 있지. 특히 저번에 있었던 렉시온 후작과의 일로 더 잘 알게 되었고 말이야."

렉시온 후작의 이름에 카이저는 고개를 갸웃거렸다.

이름은 들어본 적이 있지만 렉시온 후작이 어떤 인물이고 자신의 아버지가 무슨 일을 했는지는 전혀 알지 못했다.

"뭐야, 모르고 있나? 의외군. 루시오스 남작이 이런 걸 숨길 인물이라고는 생각하지 않았는데. 아들에게 미움 받고 싶지는 않은 건가?"

"미움 받다니, 아버지가 뭘 했기에 나에게 미움 받는다는 거지?"

"네 아버지가 말해주지 않은 걸 내가 말해줘야 할 필요는 없겠지."

남자의 말이 끝나자 여관 주인이 먼저 과일주를 내왔다.

남자는 바로 잔을 들어 입에 갖다 대었다.

"달콤하군. 서부는 농사가 잘 안 되는 것으로 알고 있는데 꽤나 좋은 술이군."

남자는 반 정도 비운 잔을 내려놓았다.

"당신은 누구지?"

카이저의 물음에 남자는 씩 웃었다.

"왜 나에 대해서 알려고 하는 거냐?"

"말했잖아? 수상하니까."

"…그렇게 수상한가?"

"정말 몰라서 묻는 건 아니겠지?"

남자의 물음에 카이저가 오히려 되묻자 그는 꿀 먹은 벙어리가 된 듯 잠시 얼빠진 얼굴로 카이저를 바라보았다.

자신의 모습이 이런 소리를 들을 정도로 수상하다는 말인가?

"외투는 허름하지만 재질을 보아하니 꽤나 고급스러운 원단을 사용했고, 허리에 차고 있는 검은 손잡이와 그 안에 숨겨진 예기만으로도 어지간한 기사는 손에 넣을 수 없는 명검이라는 걸 알 수 있어. 그리고 당신이 걷는 보폭, 일반인은 절대로 그렇게 걷는 것만으로 빈틈을 숨기지 못해."

"……."

남자는 놀란 얼굴로 카이저를 보았다.

확실히 카이저의 말대로다.

하지만 다른 건 다 그렇다고 쳐도 설마 걸음걸이를 보고 자신이 보통 인물이 아니라고 느낄 줄은 생각지도 못했다.

자신의 보폭이 일반인과 차이가 있다는 걸 스스로 깨닫지 못하였기 때문이다.

"최소한 오러 마스터의 경지에 오른 기사, 아니야?"

"그래, 네 말대로다."

남자는 다시 잔을 들어 목을 축였다.

그렇게 대단한 상대를 눈앞에 두고 있는 것도 아니었다. 고작 자신의 반도 살지 않은 꼬마를 눈앞에 두고 있음에도 불구하고 이상하게 갈증이 느껴지고 무언가 밀리는 것만 같은 기분이 들었다.

단지 이 눈썰미 좋은 꼬마에 대한 놀람 때문인지 아니면 다른 무언가가 있는지는 알 수 없었지만 적어도 이 순간 남자의 흥미는 눈앞에 있는 눈썰미 좋은 꼬마 카이저에게로 향하였다.

"그럼 내가 누구인지도 한번 맞혀봐라."

"유감스럽게도 세상 돌아가는 일은 잘 모르거든. 난 이 영지를 벗어난 적이 없어서 외부인은 거의 몰라."

"그러냐? 나름 유명하다고 생각했는데 아직 멀었군."

남자는 아쉬운 얼굴로 말했다.

이번에는 여관 주인이 안주를 들고 나왔는데 잘 익은 닭이었다.

카이저와 남자의 앞에 각각 놓여졌고, 남자는 먼저 손을 뻗어 닭의 다리를 뜯었다.

"쩝. 난 루스웰 백작이다."

남자가 자신의 신분을 밝히자 카이저는 깜짝 놀랐다.

루스웰 백작!

아무리 카이저가 영지를 벗어난 적이 없다고는 해도 그 이름은 들어봤다.

그도 그럴 게, 루스웰 백작은 이 베네시아 왕국에 단 다섯 명뿐인 소드 마스터 중 한 명이었기 때문이다.

그중에서도 루스웰 백작은 상당히 독보적인 위치에 올라 있었다. 소드 마스터가 된 지 벌써 25년에 달하는 소드 마스터 최상급의 기사였던 것이다.

"꿀꺽!"

카이저가 긴장한 얼굴로 자신을 보자 루스웰 백작은 히죽 웃었다.

베네시아 왕국 최고의 기사라고 칭해도 부족함이 없는 그가 일개 백작의 신분에 머물러 있는 이유는 새로운 국왕인 베네시아 국왕에게 충성을 맹세하지 않았고 그렇다고 렉시온 후작의 편을 든 것도 아닌 절대적인 중립을 유지하였기 때문이다.

만약 베네시아 국왕에게 붙었더라면 최소한 후작, 어쩌면 공작의 작위를 얻었을지도 모를 일이다.

물론 그런 일이 있었다면 지금 루스웰 백작이 카이저를 만나고 있는 상황은 연출되지 못했을 것이다.

루스웰 백작이 직접 루시오스 남작의 목을 베었을 테니까.

"당신이 그 루스웰 백작이라고?"

만약 그렇다면 루시오스 남작령에 있는 모든 기사와 병사들이 목숨을 걸고 덤빈다고 할지라도 승리를 장담할 수 없다.

기사단장 정도의 수준으로 루스웰 백작을 죽이기 위해서는 그 수백 배에 달하는 숫자로 지칠 때까지 몰아붙여야 한다.

루스웰 백작이 마나가 부족하거나 지쳐서 탈진이라도 하기 전까지는 생채기 하나 낼 수 있을지 의심스러운 존재이다.

"조금 전까지는 내 신분을 몰랐기에 내버려 뒀다만 이제는 말투를 조금 고치는 게 좋을 것 같군."

루스웰 백작은 은근한 시선을 보내며 말했다.

루시오스 남작이라고 할지라도 루스웰 백작을 이런 식으로 부를 수는 없었다.

베네시아 왕국은 물론 전 대륙에는 엄연히 신분제도가 있었고, 백작이라는 작위는 남작이라는 작위와는 수준이 다른 고위 귀족이다.

"어째서 저희 영지를 방문하신 겁니까?"

카이저는 그런 루스웰 백작의 시선을 느끼고 태도를 바꾸었지만 중요한 핵심을 잊지는 않았다.

카이저가 알고 싶은 것은 루스웰 백작의 정체보다는 목적에 있었다.

"너 같은 꼬마는 아직 잘 모르겠지만 말이다……."

루스웰 백작이 닭의 반대쪽 다리마저 뜯어 우물거리기 시작했다.

말하는 도중에 식사를 하다니, 그것도 손을 써서 거침없이 닭다리를 뜯는 모습이 어째 고위 귀족과는 꽤나 거리가 있어 보인다.

아무래도 이러한 생활이 꽤나 익숙한 모양인데 고위 귀족이 도대체 무슨 이유로 평민들의 생활에 익숙해졌는지 의문이다.

"검사의 경지에는 벽이라는 것이 있다."

페네스 하임의 입장으로 보자면 어린아이가 어른을 가르치려고 드는 꼴이었으나 카이저는 일단 잠자코 들었다.

"어렸을 때부터 난 검술에 있어서는 누구보다 뛰어난 성취를 보이며 자라왔고 그렇기에 벽이라는 것도 쉽게 무너뜨리고 더 높은 경지로 올라설 수 있었지."

입가에 잔뜩 묻은 닭고기의 기름이 번들거리자 카이저는

할 말을 잃었다.

이딴 게 귀족이라니, 페네스 하임이 몰락 귀족이었을 때도 저것보다는 더 기품 있게 식사를 하였다.

"그런데, 그런데 말이다, 그런 나에게도 한계는 있더구나."

마나 유저의 경지에 오르기까지 대략 1년.

익스퍼트의 경지에 오르기까지 3년.

오러 마스터의 경지에 오르기까지 7년.

소드 마스터의 경지에 오르기까지 13년.

검을 잡고 24년 만에 소드 마스터가 된 그의 재능은 실로 놀라운 것이었다.

그런데 소드 마스터에서 다음 경지인 그랜드 소드 마스터까지 그동안 검을 수련해 온 24년보다 더 긴 시간을 막혀 있었다.

페네스 하임도 일단은 검사로서 루스웰 백작의 고민을 이해할 수 있었다.

검사는 높은 경지를 갈구하고 더 높은 경지에 오르기 위해서는 더 큰 벽을 넘어서야만 한다.

"루시오스 남작도 뛰어난 기사로 알고 있다. 게다가 상황도 상황이니만큼 너 역시 검술을 배우고 있겠지."

루스웰 백작이 말하는 상황을 이해하지 못하는 카이저는 눈을 가늘게 뜨고 루스웰 백작을 노려보았다.

최근 지나치게 바빠진 루시오스 남작과 무언가 관련된 일이 틀림없었다.

"어쩌면 너에게도 이런 벽이 생길지 모른다."

"…요점을 정리하자면 소드 마스터의 경지를 뛰어넘고 그랜드 소드 마스터의 경지에 오르고 싶으나 그 길을 알지 못한다는 거군요."

"하하하! 말하자면 그렇지. 거참, 듣고 보니 웃기구나. 겨우 너 같은 꼬마에게 물을 만한 것이 아닌데 말이야."

루스웰 백작은 웃으며 말했지만 사실 그는 엄청난 기회를 얻은 것이나 마찬가지였다.

벽을 넘어서고 새로운 경지를 이룩하는 것에 대한 깨달음은 누군가가 가르쳐 줄 수 있는 부분이 아니다.

말로는 표현할 수 없고 단지 그냥 깨닫게 되는 것이 바로 검사의 깨달음이다.

한때 페네스 하임 역시 그랜드 소드 마스터의 경지를 넘어 소드 갓이 되기 위해 친구인 로델로와 검사의 깨달음에 대해서 이야기를 나눈 적이 있었다. 그때 로델로는 검사의 깨달음을 한 차원 더 높은 세상을 보는 시각으로의 변화라고 설명했다.

이 세상에는 이각형처럼 그릴 수 없는 도형이 존재하는데, 그걸 그리는 것은 불가능하지만 어떠한 형태인지 깨닫는다면 그것이 곧 검사의 깨달음이라고 하였다.

물론 페네스 하임은 그 소리를 당시에는 전혀 이해하지 못했다.

형태를 알면 그릴 수 있는 것이 당연하고 그릴 수 없다면 형태조차 몰라야 한다.

그런데 형태는 알면서도 그리는 것은 불가능한 도형이 어떻게 있을 수 있다는 말인가?

하지만 소드 갓의 경지에 오를 때 페네스 하임은 로델로의 말을 이해할 수 있었다.

무언가 새로운 깨달음을 얻었고 그것이 무엇인지는 기억하겠는데 도대체 뭐라고 설명해야 할지 감이 안 잡히는 것이다.

마치 난생 본 적도 없는 글자를 머리가 이해하고 있는 것만 같은 괴리감이 들었다.

로델로는 이를 조금 더 쉽게 풀이해서 글자를 쓰는 방법과 글을 읽는 방법을 따로 외우게 될 경우 글자를 보았을 때 바로 읽는 방법이 떠오르지는 않지만, 읽는 방법을 하나씩 떠올리면 뒤늦게 그것을 읽을 수 있는 것도 이와 비슷하다고 설명하였다.

"그렇다면 만약 누군가가 그 경지를 넘어설 수 있게 해준다면 어쩌실 겁니까?"

"으음?"

카이저의 말에 루스웰 백작은 당치도 않다는 얼굴로 카이저를 보았다.

자신의 벽조차 부수지 못하는 인간이 수두룩한데 다른 사람의 경지를 올려줄 수 있을 리가 없다.

그것이 가능하다면 이 대륙에 그랜드 소드 마스터가 아닌 기사가 없을 것이다.

"말도 안 되는 소리다."

"바로 그게 문제입니다."

카이저는 루스웰 백작의 부정에 오히려 회심의 미소를 지었다.

역시 검사는 검사가 더 잘 이해하는 법이다.

설명에 필요한 것이 이론적인 부분이라서 마법사의 지식을 조금 빌려와야 되겠지만 그것은 친구였던 로델로의 경험으로 충분히 대체할 수 있었다.

"그게 무슨 말이지?"

"제 이야기를 들어보면 이해가 되실 겁니다."

카이저가 자신만만하게 말하자 루스웰 백작은 믿을 수 없으면서도 혹시나 하는 생각에 귀를 기울였다.

평소라면 절대로 듣지 않았을 어린아이의 말이지만 그만큼 그는 그랜드 소드 마스터의 경지에 대한 갈망이 깊었다.

"아주 먼 옛날에 한 마법사가 있었습니다. 그 마법사는 모두가 존경하는 천재였지만 무척이나 나이가 많았습니다. 게다가 종종 노망이라도 난 것처럼 헛소리를 중얼거렸죠. 그러던 어느 날 그 마법사가 새로운 마법 이론을 학회에 발표했습니다."

검사에 대한 이야기가 아니라 마법사에 대한 이야기가 나오자 루스웰 백작은 의문을 가지면서도 일단 가만히 듣고 있었다.

"그가 새로 낸 이론은 무척이나 뛰어난 것이었지만 누구도 이해할 수 없는 것이었습니다. 유명한 마법사들과 현자들이 모여들었지만 그는 자신의 머릿속에 담긴 이론을 완벽하게 설명해 낼 수 없었거든요. 마치 검사의 깨달음처럼 말입니다."

루스웰 백작의 표정이 조금 진지하게 변했다.

그냥 허투루 하는 소리가 아니라는 것을 깨달았기 때문이다.

"그런데 우연한 기회로 그때 그 자리에 있던 한 소년이 그에게 그의 이론에 대한 부분을 물었습니다. 그 누구도 이해하지 못했던 이론을 이해하고 질문을 던진 것입니다. 심지어 이 소년은 마법의 기초적인 이론조차 배우지 못한, 바로 어제 마탑의 한 마법사의 조수가 된 여덟 살 소년이었습니다. 이후 소년은 그 마법사와 마탑의 전폭적인 지지를 받았고, 유례없는 어린 나이에 대마도사가 되었습니다. 제 말의 뜻을 이해하셨습니까?"

카이저의 물음에 루스웰 백작은 고개를 저었다.

도대체 무슨 소리인지 하나도 이해가 되지 않았다.

소년이 어떻게 그 이론을 이해했는지 하나도 납득이 되지 않은 것이다.

"만약 그 이론을 보지 못했더라도 소년은 분명 그 재능으로 훌륭한 마법사가 되었을 겁니다."

"그렇겠지."

재능이라는 것은 그런 종류의 것이다.

굳이 가르쳐 주는 이가 없더라도 스스로 성장해 나가며 누가 날개를 달아주지 않아도 날 수 있다.

"하지만 그 이론을 보지 못했더라면 소년이 받는 지원은 훨씬 적었겠지요. 그렇다면 더 낮은 경지에 머무르는 것으로 끝났을 겁니다. 이 소년과 루스웰 백작의 차이점이 뭔지 아십니까?"

루스웰 백작은 잠시 깊은 고민에 잠겼다.

자신과 소년의 차이.

설마 나이 같은 것은 아닐 것이고 카이저가 한 이야기 중에 분명히 단서가 있을 것이다.

누구도 이해하지 못했던 것을 이해했다는 것은 분명 범상한 일이 아니다.

무엇보다 마법사 본인 스스로도 제대로 설명하지 못한 부분을 이해했다는 것이 그랬다.

이 말은 마법사와 소년의 사이에 분명한 차이가 존재한다는 의미이다.

'연륜과 경험, 그것이 둘의 차이겠지.'

재능적인 부분은 이후 소년의 성장으로 볼 때 가능성이 높지 않으니 그 시간적인 부분에서 어떠한 차이가 드러났을 것이다.

"으음."

루스웰 백작이 답을 내지 못하고 끙끙거리자 카이저는 씩 웃었다.

자신이 생각해도 쉬운 물음은 아니었으나 그래도 분명 그랜드 소드 마스터의 경지에 대해서는 꽤나 큰 단서를 준 것이다.

루스웰 백작이 24년 만에 소드 마스터가 된 것이 우연이 아니라면 분명 알 수 있을 것이다.

하지만 아무리 그래도 지금 당장은 무리로 보였다.

"사람마다 필요한 깨달음은 다릅니다. 하지만 루스웰 백작 각하께서는 이 이야기에 대한 답이 곧 깨달음의 답이 될 것입니다."

"어떻게 그렇게 확신할 수 있지?"

"전 그렇게 믿으니까요."

카이저의 답변에 루스웰 백작이 몸을 흠칫했다.

방금 카이저가 대답하는 그 순간에 머릿속으로 무언가가 스쳐 지나갔다.

무언가 이 문제에 대한 대답이 있었다.

그렇게 믿는다.

믿는다.

믿음.

"……!"

쿠당탕!

루스웰 백작이 자리에서 벌떡 일어나며 의자가 옆으로 쓰러졌다.

카이저는 웃으면서 당황한 얼굴로 이쪽을 주시하는 여관 주인에게 사과의 인사를 건넸다.

"꼬마 너……."

"카이저입니다. 카이저 루시오스."

"카이저! 어떻게? 대체 어떻게 알았지?"

루스웰 백작의 두 눈동자가 마구 흔들리기 시작했다.

남이 가르쳐 줘서 벽을 넘어 새로운 경지에 오르는 것은 불가능하다.

그렇게 생각했던 기존의 상식 자체가 잘못이었다.

소년이 마법사의 이론을 이해할 수 있었던 것은 소년의 재능 덕분이기도 하지만 오히려 재능이 있는 자들이라면 노력만큼이나 중요시하는 영감이라는 것이 있다.

아무리 천재가 노력을 한다고 해도 번쩍 떠오르는 영감이 없다면 더 이상 발전할 수 없다.

그런데 지금 루스웰 백작은 그 영감을, 깨달음을 얻었다.

소년은 이론을 배우지 않았다!

이론을 설명하던 마법사가 그것을 완벽하게 설명해 내지 못한 이유, 소년이 그것을 받아들일 수 있었던 이유는 마법사가 새로운 이론을 내기 이전에 기존의 이론을 배웠느냐 배우지 않았느냐의 차이였다.

기존에 배운 이론은 상식이라는 이름하에 절대로 있을 수 없는 한계를 스스로 설정했다.

마치 물이 낮은 곳으로 흐르는 것이 당연한 것처럼.

하지만 소년은 물이 어디로 흐르는지 알지 못했고, 그래서 마법사의 이론에 나온 부분을 오히려 쉽게 받아들일 수 있었던 것이다.

그 차이였다.

기존의 상식에 지나치게 사로잡혀 새로운 것을 보지 못한다.

그랜드 소드 마스터가 되기 위해서 필요한 깨달음은 저마다 다르겠지만 루스웰 백작에게 필요했던 것은 자신의 검술에 대한 보다 깊은 이해도, 새로운 경험도 아니었다.

그 모든 것을 버리고 처음 시작할 때의 위치에서 검술을 봐야 했던 것이다.

처음 검을 잡았을 때 루스웰 백작은 뭐든지 할 수 있을 것 같았다.

검으로 태산을 가를 수도 있고 검으로 강철도 자를 수 있을 것 같았다.

그러나 그 이전에 검으로 찌르거나 베는 것 이외에도 하늘을 날거나 원하는 모든 것을 이룰 수 있을 거라고 여겼다.

그랜드 소드 마스터들이 이기어검을 쓸 수 있는 이유도 지금 알아냈다.

검은 꼭 누군가가 휘둘러야만 하는 도구는 아니다.

그 이전에 검술이라는 것은 애초에 아무것도 적혀 있지 않은 백지와도 같은 것.

거기에 잉크를 떨어뜨려 사람의 마음을 담고 의지를 구현해 원하는 목적에만 써야 한다고 가르친 것은 결국 모두 사람이었다.

그랜드 소드 마스터는 사람을 초월한 존재.

그런데 사람의 상식만 지니고 있었으니 그랜드 소드 마스터가 되지 못한 것이다.

검에 의지를 담을 필요도 없다.

검은 스스로 날 뿐이다.

그것이 왜 불가능하다고 말하는가?

검 스스로 움직이는 것이 왜 불가능하다고 하는가?

모든 것이 상식에 얽매여 있기 때문이다.

소년처럼 마법의 기초에 대해서 몰랐다면 검이 날 수 없다는 것도 몰랐을 것이고, 그렇다면 검이 날아다니는 것에 대해서도 보다 쉽게 이해할 수 있었을 것이다.

그랜드 소드 마스터들만의 기술인 이기어검을 위해서 검과 대화를 해보려고도 하고, 검에 마나를 최대한 주입해서 어떻게든 하늘로 떠오르게 하려고도 했으며, 그 외에도 갖은 수단을 모두 동원했던 과거가 너무나도 우습게 여겨지는 진실이었다.

진정한 그랜드 소드 마스터는 굳이 검에 의지를 부여하지 않아도 검이 스스로 자신의 뜻에 따라서 움직이게 할 수 있었던 것이다.

원리는 모른다.

하지만 그래도 이것이 옳다면 아무 문제가 없는 것이다.

"설명하느라 목이 아프네요. 제가 마실 것도 주문할게요."

카이저는 새로운 깨달음을 얻어 일시적으로 공황상태에

빠진 루스웰 백작을 뒤로하고 마실 것을 추가로 주문했다.

이걸로 루스웰 백작은 그랜드 소드 마스터의 초입에 대한 단서를 얻은 것이지만 그렇다고 해서 당장 그랜드 소드 마스터가 될 수 있는 것은 아니다.

깨달음과 함께 그만큼의 검술 실력과 마나, 무엇보다 강인한 의지가 있어야만 다음 경지로 향할 수 있다.

지금 루스웰 백작의 모습을 봤을 때 깨달음을 제외한 세 가지 조건은 충족된 것이나 다름없어 보이기는 하지만 결정적인 계기가 하나 더 필요했다.

간절하게 무언가를 원하는 자만이 그것을 얻을 자격이 있었다.

"넌……."

한동안 아무 말도 하지 못하던 루스웰 백작이 눈동자가 카이저에게 고정되었다.

"넌 대체……."

도대체 어떻게, 무슨 수로 자신의 부족함을 알아보고 거기에 맞는 단서를 내줄 수 있었단 말인가?

이것은 설령 눈앞에 있는 소년이 그랜드 소드 마스터라고 할지라도 불가능한 일이다.

"카이저 루시오스. 몇 번이나 말해줘야 합니까?"

"하!"

기묘한 기분이다.

무언가 통쾌하기도 하고 후련한, 그러면서도 마냥 순수하게 기뻐할 수만은 없는 그런 기분이다.

"하하하하!"

하지만 그럼에도 웃음이 나왔다.

나올 수밖에 없었다.

25년간 막혔던 의문에 대한 답이 눈앞에 완전히 펼쳐졌다.

이제는 그 답을 따라 길을 걷기만 하면 되는 것이다. 눈앞에 있던 벽은 어느새 사라져서 그 자취도 찾을 수 없었다.

"하하하하!"

＊　　　＊　　　＊

쪼르륵.

자신의 잔에 가득 담기는 술을 본 카이저의 표정이 살짝 일그러졌다.

술이라면 페네스 하임도 좋아하던 것이지만 지금 카이저의 나이로 과일주도 아니고 이렇게 독한 술을 들이부었다가는 심할 경우 사망에 이를지도 모른다.

"저를 죽일 생각입니까?"

"그럴 리가 있나?"

루스웰 백작은 능글맞게 웃고는 카이저의 잔에 자신의 잔을 부딪쳤다.

　나무로 된 잔이었기에 투박한 소리가 났지만 루스웰 백작은 그 투박한 소리가 아름다운 연주로 들린다.

　하지만 새로운 경지에 대한 단서를 잡은 것에 대한 기쁨도 잠시, 루스웰 백작은 무섭도록 빠르게 냉정을 되찾은 상태였다.

　"그래, 일단 고맙다는 인사를 전해두지."

　"물론 고마워해야죠."

　카이저는 어깨를 으쓱였다.

　그랜드 소드 마스터의 단서다.

　이 대륙에서 오직 카이저만이 줄 수 있는 것이었다.

　루스웰 백작의 입장에서는 이런 행운도 없을 것이다.

　"그런데 왜지?"

　"이런 단서를 알려준 이유 말입니까?"

　"그래. 내가 루시오스 남작을 알고 있다고는 했지만 딱히 그와 우호적인 위치라고는 말한 적 없다. 어쩌면 적일지도 모를 나에게 그런 중요한 단서를 알려준 이유가 뭐냐?"

　루스웰 백작의 물음에 카이저는 등받이에 몸을 밀착시키며 고민에 빠졌다.

　단서를 알려준 이유라……

확실히 카이저가 성자도 아니고 상대가 궁금하다고 해서 물음에 대해 답해줄 필요는 없다.

더구나 카이저에 대해서 호감이 아니라 오히려 카이저의 능력에 위기감을 느낀 루스웰 백작이 카이저를 죽이려 들지도 모를 일이다.

그 모든 것을 감수하고서 카이저가 루스웰 백작은 도운 이유라고 한다면…….

"믿으니까요. 전 제가 한번 믿기로 결정한 상대는 끝까지 믿습니다."

그것 때문에 로델로의 실험체로 참가했다가 이 꼴을 당했지만 이건 이것대로 만족스러웠다.

모든 경지를 잃었으나 깨달음이 남아 있고 새로운 삶을 얻었으니 그리 손해도 아니었다.

"언제 나를 봤다고 믿는다는 거냐?"

"제 눈을 믿습니다. 검사가 스스로에 대한 확신이 없다면 자신이 붙잡은 검에 대한 확신도 없을 것 아닙니까?"

정답이었다.

루스웰 백작은 이제 허탈한 기분이 들었다.

평생 검 하나만을 보고 살아온 지난 세월이 이런 꼬마의 몇 마디에 무너질 정도로 가벼운 것이었나?

창피했다.

너무나도 창피하고 부끄러웠다.

"이 빚은 언젠가 꼭 갚겠다."

"어째 원수라도 진 것처럼 들립니다?"

"빚은 빚이니 말이다."

"그럼 어떻게 갚으시겠습니까?"

카이저는 갚는 것이 당연하다는 태도를 내보였다.

루스웰 백작 역시 당연히 갚아야 한다고 여겼기에 그런 카이저의 태도를 순순히 받아들였다.

"한 가지."

"네?"

"앞으로 딱 한 가지, 네가 원하는 어떠한 것이라도 한 가지를 들어주겠다."

"어떠한 것이라도 말입니까?"

"물론이다."

루스웰 백작의 흔들림 없는 눈동자에 카이저는 흡족한 기분이 들었다.

그랜드 소드 마스터가 될 가능성이 90%가 넘는 자가 자신의 편이 되어준다면 하등 나쁠 것이 없었다.

"그 말, 취소하기 없습니다?"

"내 모든 것을 걸고 약속하마."

Chapter 04
암운

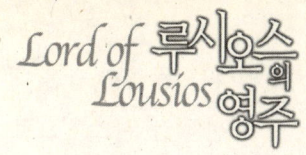

"데오닉 공작."

베네시아 국왕의 부름에 데오닉 공작이 허리를 꾸벅 숙였다.

"예, 국왕 전하."

"슬슬 시간도 되었으니 서부에 있는 렉시온 후작의 잔당들을 처리하는 것이 맞겠지?"

"물론입니다."

"누구를 먼저 없애는 것이 좋겠는가?"

베네시아 국왕의 물음에 데오닉 공작은 굳이 생각해 볼 것도 없다는 듯 곧장 답을 내놓았다.

"소신의 짧은 소견으로 보았을 때 역시 오러 마스터인 루시오스 남작이 먼저 아니겠습니까?"

베네시아 왕국에는 다섯 명의 소드 마스터가 있다.

아니, 정확히는 있었다.

그러나 루시오스 남작의 손에 그 다섯 명의 소드 마스터 중 하나인 렉시온 후작이 목숨을 잃음으로 인해서 그 숫자는 네 명으로 줄어들었고, 이 네 명 중에 두 명의 소드 마스터가 중립적인 위치를 고수하고 있다.

나머지 두 명도 베네시아 국왕에게 충성한다기보다는 그냥 왕국에 충성하는 입장이라서 일단 명목상으로는 베네시아 국왕의 부하이지만 베네시아 국왕 역시 함부로 다루기에는 껄끄러운 인물들이다.

이러니 오러 마스터인 루시오스 남작이 적지 않은 위협으로 느껴지는 것은 당연했다.

베네시아 국왕은 데오닉 공작과 비슷한 생각을 하고 있었기에 고개를 끄덕였다.

그렇지만 문제가 있었다.

"루시오스 남작은 오러 마스터이니 그를 제거하기 위해서는 이쪽 역시 오러 마스터를 보내야 할 텐데 누구를 보내야 하겠는가?"

오러 마스터의 경지는 사실 애매한 부분이 있다.

분명 오러 마스터들도 초급부터 하급, 중급 등으로 경지를 나누기는 하는데 오러 마스터와 소드 마스터의 차이가 오러 블레이드를 응용할 수 있느냐 못하느냐의 차이이기 때문이다.

그럼에도 불구하고 오러 마스터와 소드 마스터의 비율이 열 배 정도 차이가 나는 것은 의도적으로 오러 블레이드를 응용해서는 아무 소용이 없다는 점이다.

소드 마스터들의 이야기에 따르면 오러 블레이드를 응용해 채찍처럼 휘두르든 거대하게 만들어서 둔기처럼 내려치든 오러 블레이드를 회전시켜서 상대를 갈아버리든 중요한 것은 의지로 그것을 행하는 것이 아니라 기존의 상식을 갈아엎고 검술에 대한 새로운 시각이 필요하다는 것이다.

검사가 아닌 이들은 도저히 알아들을 수 없는 소리였다.

이러니 믿을 수 없는 소드 마스터들을 보내기도 그렇고 오러 마스터들을 보내서 루시오스 남작을 습격하자니 하나나 둘로는 성공할 거라는 확신이 서지 않는다.

심지어 한 소드 마스터는 막 오러 블레이드를 응용할 수 있게 된 오러 마스터 최상급의 기사라면 오러 마스터 중급을 열 명도 더 상대할 수 있을 거라고 말한 적이 있다.

"루시오스 남작의 경지는 오러 마스터라고만 알려졌을 뿐,

소드 마스터를 내보낼 수 없는 지금의 상황에서 그를 제거하는 건 쉽지 않지."

암살이라는 것은 원래 은밀하게 이루어져야 한다.

그러니 소수 정예로 구성된 암살자를 만들어 보내야 하는데 소수로 갔다가 실패하고 목숨을 잃는다면 베네시아 국왕의 입장에서도 손해가 이만저만이 아니다.

이것이 전쟁도 아니고 내전도 아닌 단순한 암투인데, 그 과정에서 왕국의 핵심무력을 담당하는 세력 중 하나인 오러 마스터들이 줄어든다면 그 손해는 이루 말할 수 없을 정도로 크다.

"그렇지 않아도 이미 모두 준비해 두었습니다."

"그게 정말인가?"

"예. 총 네 명의 오러 마스터로 이루어진 병력입니다."

"그 네 명이 혹시……."

네 명의 오러 마스터를 이야기하자 베네시아 국왕은 짐작가는 자들이 있었다.

데오닉 공작은 자신의 몸을 단련하기 위해서 기본적인 검술을 배웠을 뿐으로 오러 마스터는 아니었지만 데오닉 공작가의 기사단장 다섯 명은 모두 오러 마스터였던 것이다.

"예, 모두 저의 수하들입니다. 굳이 국왕 전하께서 신경 쓰실 필요도 없고 비밀을 지키는 데 이보다 더 확실한 자들도 없을 것입니다. 그리고 이들에 추가해 따로 고용한 암살자 30여 명으로 부대를 만든다면 루시오스 남작부터 시작해 렉시온 후작가의 잔당 전부를 확실히 제거할 수 있을 것입니다."

자신감 넘치는 데오닉 공작의 설명에 베네시아 국왕은 만족스러운 미소를 지었다.

확실히 데오닉 공작가의 오러 마스터들이라면 믿을 수 있었다.

"그럼 그렇게 진행하도록 하게."

"예, 국왕 전하."

*   *   *

"그게 무슨 말씀입니까!"

카이저는 놀란 얼굴로 루스웰 백작을 향해 소리쳤다.

아무 생각 없이 루스웰 백작과 대화를 나누며 시간을 보내던 카이저는 루스웰 백작이 해준 자신의 아버지 루시오스 남작에 대한 이야기를 듣고 놀랄 수밖에 없었다.

렉시온 후작을 지지하던 루시오스 남작이 직접 렉시온 후작의 목을 베어서 베네시아 국왕에게 바쳤다는 내용이었기 때문이다.

"전부 사실이다. 나는 루시오스 남작과 렉시온 후작 모두 마지막까지 목숨을 버려가며 항전할 거라고 예상했지만 그런 내 예상이 틀렸지."

루스웰 백작은 비어버린 잔을 확인하고 다시 술을 주문했다.

"내가 이 영지로 오게 된 것은 그랜드 소드 마스터의 경지에 오를 단서를 찾지 못해 답답한 마음에 몬스터나 사냥하기 위해서였지만 그것 말고도 하나 더 있었다. 과연 루시오스 남작이 어째서 그런 선택을 했던 것일까? 루시오스 남작이 설령 기습을 한다고 해도 소드 마스터인 렉시온 후작이 그렇게 쉽게 죽을 리 없다. 게다가 렉시온 후작을 따르던 모든 귀족이 루시오스 남작의 뜻에 동참한 건 더더욱 말이 안 돼. 즉, 루시오스 남작의 행동은 렉시온 후작의 뜻이었다는 말인데, 아무리 그래도 내가 아는 루시오스 남작은 그럴 인물이 아니다. 하지만 이제 그 이유를 알겠군."

루스웰 백작의 두 눈이 날카롭게 빛났다.

루시오스 남작이 그런 선택을 할 수 있었던 이유는 아무리 생각해도 눈앞에 있는 소년, 카이저 때문이었다.

"네 녀석은 재능이 있다. 당장 나에게 그랜드 소드 마스터의 단서를 제공해 준 것만으로도 네 녀석의 재능은 이미 평범한 수준을 초월하고 있다고 봐도 과언이 아니야. 루시오스 남작은 너를 이용해서 베네시아 국왕에게 복수할 계획인 것이 분명해."

루스웰 백작의 말은 그의 입장에서는 가장 타당하고 합리적인 결론이다.

이런 재능을 가진 아이가 있다면 한순간 고개를 숙이더라도 차후에 기회를 잡아 국왕에게 복수할 수 있다.

아예 희망이 없다면 차라리 끝까지 싸우겠지만 이렇게 낮은 가능성이라도 있다면 거기에 걸어보고 싶어지는 것이 사람의 심리인 것이다.

하지만 이는 어디까지나 루스웰 백작의 생각으로 루시오스 남작의 입장에서 카이저는 잠깐 천재인 것 같으나 이후 다시 평범해진 아들에 불과했다.

"아닐 겁니다. 아버지는 저에 대해서 제대로 모르니까요."

"으음?"

카이저의 말에 루스웰 백작은 의외라는 얼굴로 카이저를 보았다.

이런 녀석에 대해서 파악하지 못하고 있다는 말인가?

루시오스 남작이 그 정도로 가족에게 무관심한 인물은 아닐 거라고 생각하는 루스웰 백작이다.

"루시오스 남작이 전혀 모른다는 거냐?"

"예. 모를 수밖에 없습니다. 제가 의도적으로 숨겼으니까요."

"그럼 네 아버지인 루시오스 남작은 믿을 수 없다는 거냐?"

처음 본 상대인 자신에게는 잘도 밝힌 것을 아버지인 루시오스 남작에게 밝히지 못했다는 건 납득하기 어려웠다.

"믿음의 유무가 아닙니다. 루스웰 백작께서는 저를 어떻게 생각하십니까?"

"그야……."

루스웰 백작은 눈살을 찌푸렸다.

카이저에 대해서 어떻게 생각해야 할지 모르겠다.

일단 은인이기는 한데 마음 한편으로는 약간 찝찝하기도 한 것이 사실이기 때문이다.

만약 카이저가 적이었다면 루스웰 백작은 다른 누구보다 카이저를 먼저 죽이려고 들었을 거다.

남에게 저렇게 알려줄 수 있다는 것은 스스로도 성장할 가능성이 있다는 말이니 10년 정도만 지나도 카이저는 아버지인 루시오스 남작처럼 명성을 떨칠 기사가 될 것이고, 그사이 루시오스 남작의 성장 역시 보통이 아닐 것이다.

국왕의 힘이라면 몰라도 루스웰 백작의 힘으로는 부담스러운 것이 사실이다.

"일단 내가 너를 적대하지는 않겠지만 상황이 여의치 않다면 제일 먼저 너를 노리게 될 것이다. 하지만 네 아버지인 루시오스 남작이 그런 선택을 할 가능성은 없어."

자고로 가족이라는 것만큼 믿을 만한 것도 없다.

형제끼리라면 가주의 자리를 놓고 다툼을 벌이기라도 하겠지만 카이저는 하나뿐인 아들이고 그런 아들이라면 목숨조차 버릴 수 있는 것이 일반적인 아버지의 모습이 아닌가?

"물론입니다. 저도 아버지가 저를 적대할 거라고는 생각하지 않습니다. 하지만 의심하기는 하겠죠."

"……."

"왜지? 왜 이 아이는 남들과 다른 거지? 어떻게 이런 것들을 알고 있을까? 도대체 무슨 생각을 하고 있는 거지? 정말 이 아이가 나의 아이인 걸까? 그리고 종국에는 이런 생각도 하게 되겠죠."

카이저 눈에 스산한 살기가 감돌았다.

페네스 하임에게 있어서 가족은 가장 신뢰할 수 있는 대상이었으나 그의 삶은 가족과는 철저하게 거리가 있었다.

몰락 귀족으로서 가문을 뛰쳐나와 유망한 기사로서 명성을 떨치고 있던 당시, 페네스 하임을 이용하려고 했던 친척들이 수두룩했다.

아버지가 망해가도 외면하던 자들이 페네스 하임의 명성을 이용하려고 든 것이다.

게다가 페네스 하임에게 있어 아버지는 상당히 낯선 존재였다.

어렸을 때 돌아가셨고, 그 때문에 가문이 몰락해서 어머니를 고생시킨 원흉.

어쩌면 카이저가 루시오스 남작을 믿지 못하는 것도 전생의 페네스 하임의 기억에서 비롯된 것일지도 모른다.

"이 아이가 정말로 사람일까?"

카이저의 말에 루스웰 백작은 전신에 소름이 돋았다.

저 눈빛은 결코 아이가 가질 만한 종류의 것이 아니었다.

'이 녀석은 대체……?'

최소한 수십 년을 살아가며 배신당하고 누군가를 원망한 그런 자들만이 가질 수 있는 지독한 눈빛이다.

"혹시 괴물은 아닐까?"

괴물.

페네스 하임은 참다못해 자신의 친척들을 향해 검을 뽑아 들었다.

피의 복수를 벌인 것이다.

아버지가 죽고 가문이 망할 때는 나 몰라라 하더니 이제 와서 혈족 운운하며 촌수를 계산하기도 힘든, 얼굴도 이름도 모르는 먼 친척까지 접근해 왔었다.

그렇기에 그들에게 직접 응징을 가하였고, 친척들은 페네스 하임의 압도적인 무력에 그를 괴물이라고 칭하며 두려워

했다.

"오히려 아무런 연고도 없는 내가 더 믿을 수 있다는 말이구나."

"예. 당신은 저에게 빚을 진 입장이지 저에게 무언가를 요구할 입장이 아니니까요."

맞는 소리였다.

빚을 만들어놓은 카이저가 이용하려면 했지 루스웰 백작이 카이저를 이용할 수는 없었다.

달콤한 말 몇 마디에 속을 아이도 아닌 것 같고 말이다.

"쯧!"

루스웰 백작은 혀를 차며 안타까운 눈빛으로 카이저를 보았다.

자신에게 그랜드 소드 마스터의 경지에 대한 단서를 준 것은 매우 고맙게 여길 일이다. 하지만 지금 카이저의 모습은 평화롭고 행복한 삶과 꽤나 거리가 있다고 느껴졌다.

"자식이 없는 내가 이런 소리를 하는 건 그렇지만 만약 너 같은 자식을 두게 된다면 차라리 자식을 낳지 않는 것이 낫겠다는 생각이 든다."

차라리 조금 멍청해도 착한 녀석이 낫지 이렇게 이미 인생의 쓴맛은 전부 본 것 같은 귀염성 없는 녀석에게는 관심 없었다.

지켜보는 부모의 입장에서도 힘들 테고 말이다.

"어머니에게는 최대한 좋은 아들로 행동합니다."

"그럼 뭐하냐? 진심으로 하는 것이 아닌데."

루스웰 백작의 지적에 카이저는 입을 다물었다.

"한 가지만 기억해 줘라. 네가 누구이든 간에 넌 그들의 자식이라는 것을."

* * *

루스웰 백작은 며칠 더 영지에 있는 여관에서 머물기로 하고 카이저는 저택으로 돌아왔다.

중간에 카이저가 사라졌기 때문에 저택은 꽤나 소란스러웠지만 그가 혼자 잘 놀고 왔다고 대답하자 샤를리아 남작부인은 크게 다그치지 않고 넘어갔다.

"죄송해요."

"아니, 네가 즐거운 시간을 보냈다면 그걸로 됐다. 그렇지만 내년에는 혼자 말고 같이 다니지 않을래?"

"그렇게 할게요."

카이저는 어색하게 웃어 보였다.

"참, 아버지가 돌아오셨다."

"아버지가요?"

카이저는 루시오스 남작이 돌아왔다는 소식에 겉으로는 최대한 반가운 표정을 지었으나 속으로는 깊은 고민에 빠졌다.

루스웰 백작에게서 들은 아버지 루시오스 남작의 행보 때문이다.

렉시온 후작을 직접 죽이는 대신 가족들을 구한다.

루스웰 백작의 의견이기는 했지만 만약 그것이 사실이라면 베네시아 국왕이라는 큰 위협이 언제 루시오스 남작가를 노릴지 알 수 없는 상황이다.

대륙의 기나긴 역사에서 새로운 왕권이 들어선 이후 피의 숙청이 있었던 것은 당연한 일이다. 자신이 베네시아 국왕이라고 해도 루시오스 남작이라는 껄끄러운 상대는 무조건 없애려고 들 것이다.

'아버지가 그동안 영지를 비우고 돌아다니신 이유는 이에 대비하기 위해서겠지.'

렉시온 후작가를 따랐던 서부의 귀족들이 모여 대책을 의논하였겠지만 아마 별다른 뾰족한 수는 나오지 않았을 것이다.

당연하다.

압도적인 힘 앞에는 어떤 전략도 소용없는 법이다.

베네시아 국왕이라는 강력한 적을 고작 자작이나 남작들

이 모여서 대적할 수 있을 리가 없다.

"아버지는 지금 어디 계세요?"

*　　　*　　　*

　루시오스 남작은 연무장에 도열한 기사들을 차가운 눈으로 응시하였다.

　저번의 일로 숫자가 조금 줄어들었지만 아직 30여 명의 기사들이 남아 있는 상황이다.

　여기에 영지의 병사들이 300명 정도, 영지민들을 더 동원한다면 3,000명 정도의 숫자를 이용할 수 있을 것이다.

　하지만 영지민들을 동원해 봤자 제대로 된 군사 훈련도 받지 않은 그들이 큰 도움이 될 가능성은 낮았다. 루시오스 남작은 아예 영지민들을 동원한다는 생각은 접고 300명의 병사와 30여 명의 기사만을 전력으로 보았다.

　"기사단장."

　"예."

　루시오스 남작의 부름에 기사단장이 앞으로 나와 그의 옆에 붙어 보고를 올렸다.

　"현재 저희 루시오스 남작가의 기사 중 익스퍼트의 경지에 오른 기사는 모두 열 명입니다."

고작 열 명.

남작가의 전력치고는 그리 많지도 그렇다고 딱히 적지도 않은 숫자이다.

"나머지 스물한 명은 마나 유저입니다. 병사들의 경우 어느 정도 훈련을 거쳐 나름 정예화를 이루어냈으나 그래도 마나 유저들에 비하면 부족한 감이 있습니다."

"병사들에게 마나 연공법을 공개하라고 일러두었을 텐데?"

"예, 하지만 그것만으로는 제대로 된 성과를 내기 어렵습니다. 뛰어난 천재라도 마나 유저가 되기 위해서는 최소한 일 년이 넘는 시간이 걸리니까요. 그리고 익스퍼트의 경지는 어느 정도의 깨달음이 있어야 하기 때문에 아무리 마나 연공법을 공개한다고 해도 그렇게 쉽게 기사들의 전력을 보강할 수는 없습니다."

이미 알고 있는 내용이지만 그럼에도 불구하고 루시오스 남작은 현재 상황에 실망감을 감추지 못했다.

다른 귀족들을 만나보며 의논한 결과 베네시아 국왕이라는 적을 상대하는 것은 기본적으로 불가능했다.

암살 이야기까지 오갔지만 베네시아 국왕이 있는 왕궁의 경비가 만만치 않아 사실상 암살은 불가능하다고 판단되었기 때문이다.

그렇다고 다른 방법을 찾아보려고 해도 자신들의 힘으로
는 아무것도 해낼 수 없었다.

오히려 언제 베네시아 국왕이 자신들을 노릴지 모르는 상
황이다. 일단은 전력 보강을 최우선으로 잡고 각 영지에서 익
스퍼트의 기사를 적어도 서른 명은 만들 계획이지만 이것도
쉽지 않았다.

아무리 마나 연공법을 알려준다고 해도 익스퍼트의 경지
에 오를 수 있는 기사 전력은 한정될 수밖에 없었다.

단순히 마나를 쌓아가는 마나 유저가 아니라, 마나를 이용
해 오러를 만들어내야 하는 익스퍼트의 경지에는 깨달음이
필요했다.

마나 유저는 아무리 둔재라도 오를 수 있지만, 익스퍼트는
어느 정도의 재능이 필요했다.

게다가 익스퍼트의 경지에 오르는 이들의 평균 나이대가
20대 후반 정도, 그것도 아주 어린 나이부터 수련을 받아야
그 시간 안에 오러를 사용할 수 있으니 이제부터 병사들에게
마나 연공법을 가르쳐 봤자 효과를 보기 위해서는 최소 20년
의 시간을 투자해야 한다.

한마디로 무리인 것이다.

그러나 무리인 것을 알면서도 루시오스 남작은 기사단장
을 닦달해야만 하는 입장이었다.

"후우."

렉시온 후작의 목을 스스로 벤 이후 루시오스 남작은 베네시아 국왕에게 복수의 칼날을 갈고닦기로 결심했으나 이는 실현될 수 없어 보였다.

복수는 고사하고 자신과 가족들의 목숨을 연명하는 것도 따지고 보면 베네시아 국왕의 손에 달린 일이 아닌가?

"지금 시간부로 영지의 경계를 강화해라. 순찰 인원을 두 배 이상 늘리고 영지와 저택 내부로 침입하는 자가 없도록 꼼꼼히 감시하도록."

"알겠습니다."

기사단장을 물린 루시오스 남작은 자신의 실력을 점검할 목적으로 검을 들었다.

"아버지!"

그러다 자신을 부르는 목소리에 루시오스 남작은 동작을 멈추고 고개를 돌렸다.

카이저.

자신의 하나뿐인 아들이 이곳으로 오고 있다.

그러고 보니 오늘이 카이저의 생일이고 또한 축제였는데 자신은 일이 바빠서 저녁 시간이 되어서야 돌아왔다.

게다가 선물 또한 준비해 둔 게 없다.

"무슨 일이냐?"

절로 퉁명스럽게 대하게 되어버린 루시오스 남작은 속으로 이게 아닌데 하는 걱정에 빠졌지만 어쩔 수 없었다.

혹시 카이저가 선물을 요구하기라도 하면 어쩌나 걱정스러운 기분이다.

"그야 아버지를 보러 왔죠."

"카이저, 난 너와 놀아줄 정도로 한가하지 않다. 그보다 네 수련은 잘 되어가고 있는 것이냐?"

미안한 마음이 들지만 아버지이자 영주의 자존심이 있고 루시오스 남작의 성격상 원래 애정을 잘 표현하지 못하니 나오는 이야기는 오히려 엄격해져 갔다.

그래도 아들의 생일인데 하는 생각이 심장을 찌르는 것 같았으나 지금의 입장을 생각해 보면 생일이나 선물을 챙길 때도 아니었다.

베네시아 국왕이 언제 생각을 바꿔 자신들을 노릴지 알 수 없으니 카이저를 최대한 혹독하게 수련시켜야만 했다.

루시오스 남작이 차가운 태도로 나오자 카이저의 표정이 살며시 굳어졌다.

자기는 뭐 좋아서 아버지라고 부르며 주인 쫓아가는 강아지처럼 따라온 줄 아나?

카이저가 이곳에 온 것은 루시오스 남작이 아니라 자신의 목숨을 걱정해서이다.

루시오스 남작은 이 루시오스 남작령의 영주이자 오러 마스터이니 그 실력을 확인해 보고 자신이 얼마나 안전한지를 재어보려는 것이다.

루스웰 백작이 해준 이야기에 따르면 다섯 명인 줄 알았던 베네시아 왕국의 소드 마스터는 이제 네 명이 남았다. 그중 루스웰 백작을 포함한 두 명이 중립의 입장에 서 있고 다른 두 명의 소드 마스터도 국왕을 따른다기보다는 왕가에 충성하고 있는 입장이다.

즉, 어지간해서는 소드 마스터가 자신들의 목숨을 노리고 나타날 일은 없으니 같은 오러 마스터를 보낼 것이다. 그 경우 과연 루시오스 남작이 얼마나 버틸 수 있는지를 알아둬야만 했다.

상황이 정 여의치 않으면 오늘부터 끼니를 거르면서까지 수련만 할 생각도 있다.

"그것 때문에 드릴 말씀이 있습니다."

"뭐냐?"

"아버지의 검술을 직접 보고 싶어요."

"내 검술을?"

카이저가 루시오스 남작의 검술을 보지 못한 것은 아니다.

그러나 아무래도 대련 상대가 잘해봐야 익스퍼트 상급의 기사단장이었던 만큼 루시오스 남작은 익스퍼트 최상급 정도의 실력만 보여주었을 뿐이다. 오러 마스터로서 어느 정도의 경지에 올랐는지는 전혀 보여주지 않았다.

"네! 오러 마스터는 오러 블레이드를 사용할 수 있다면서요?"

카이저는 당당하게 오러 블레이드를 보여줄 것을 요구했다.

오러 마스터의 경지는 실로 애매하기 그지없다.

초급과 최상급은 그래도 오러 블레이드를 얼마나 자연스럽게 펼칠 수 있느냐로 꽤나 차이를 보여주지만 초급과 하급, 중급과 상급에서는 그게 그걸로 보이는 것이다.

그러니 루시오스 남작이 오러 블레이드를 응용할 수 있는 소드 마스터의 경지에 빨리 올라주어야만 카이저의 안전을 어느 정도 보장할 수 있었다.

"벌써부터 쓸데없는 것에 관심을 갖는 것이냐? 네가 꾸준히 검술을 갈고닦는다면 언젠가 네 손으로 오러 블레이드를 펼칠 수 있을 것이다."

"저, 전 그냥……."

카이저는 짐짓 슬픈 얼굴로 고개를 숙였다.

정말로 루시오스 남작이 렉시온 후작을 죽인 이유가 루스웰 백작의 추측대로 가족을 위한 것이라면 슬퍼하는 아들을 위해서 무언가를 보여주지 않을까 하는 생각이었다.

과연 루스웰 백작의 추측이 어느 정도는 맞았는지 루시오스 남작은 어쩔 수 없다는 듯 한숨을 내쉬고 카이저의 앞에 검을 세웠다.

"잘 보아라."

"네!"

카이저는 밝은 얼굴로 대답하며 두 눈을 검에서 떼지 않았다.

콰콰콰콰!

오러와는 다르게 광폭한 기운과 함께 선명한 푸른빛의 오러 블레이드가 루시오스 남작의 검을 뒤덮었다.

'이 정도라면 상급인가?'

몸에 있는 마나가 이동하고 손을 나와 검에서 펼쳐지며 그것이 검을 완전히 감싸기까지 걸린 시간과 오러 블레이드의 형태 등으로 카이저는 루시오스 남작의 경지를 유추했다.

'애매하군.'

오러 마스터 최상급과 상급의 수준 차이는 결코 적지 않다.

오러 마스터 최상급이라면 혼자서 상급 이하의 오러 마스터 다수를 압도할 수 있는 반면, 상급이라면 그저 오러 마스터 초급보다는 확실하게 강하다고 판단되는 정도이다.

'아니면 검술을 보아야 하는데……'

카이저는 고민에 빠졌다.

차라리 루스웰 백작처럼 그랜드 소드 마스터에 대한 단서를 알려주는 것은 쉽다.

25년이라는 시간 동안 막혀 있었던 만큼 그가 고칠 수 없는 고질적인 문제가 어떤 것인지 쉽게 유추해 낼 수 있으니까.

그러나 서른다섯 살의 나이로 오러 마스터 상급이라는 빠른 성장 속도를 보이고 있는 루시오스 남작의 경우 부족한 것이 깨달음인지 아니면 그저 시간인지에 대해서 알 수가 없는 것이다.

"무슨 생각을 그렇게 하는 것이냐?"

"아, 아니요. 아무것도 아니에요."

루시오스 남작은 잠시 카이저를 이상하게 바라보았지만 이내 관심을 끊고 오러 블레이드를 없앴다.

"그럼 돌아가서 수련이나 해라."

카이저는 고개를 꾸벅 숙이고 발걸음을 옮겼다.

"……."

카이저의 뒷모습을 말없이 응시하던 루시오스 남작은 고개를 돌려 기사단장을 보았다.

"최근 카이저의 수련은 어떻지?"

"기대했던 것 이상입니다. 검술에 대한 이해도는 이미 완벽할 정도인 걸요."

기사단장의 대답에 루시오스 남작은 고개를 끄덕였다.

혹시나 했는데 역시나이다.

기사단장의 카이저가 실력을 숨기고 있을지도 모른다는 의견은 아무래도 사실로 보였다.

조금 전 오러 블레이드를 만들어낼 때 보통 사람들은 오러 블레이드의 형태를 보며 그것에 경외를 가지기 마련인데 카이저는 무심한 눈길로 오러 블레이드를 살피고는 마나를 공급하고 있는 루시오스 남작의 상태까지 확인했다.

저건 그저 보는 것만이 목적이 아니라 자신에 대해서 파악하려고 하는 자세였다.

"카이저, 도대체……."

넌 무엇이냐?

루시오스 남작은 새로운 의문을 담아 카이저를 보았다.

*　　　*　　　*

"저곳이 루시오스 남작령인가?"

한 무리의 사람이 남작령에서 조금 떨어진 곳에 자리를 잡고 루시오스 남작령을 관찰하고 있었다.

최대한 평범한 이들로 보이게 변장을 하였지만 눈에서 번뜩이는 살기는 이들이 결코 호의적인 인물이 아님을 보여주었다.

"기사단장의 경지는 익스퍼트 중급에서 상급 정도로 추측된다는군."

"그 정도라면 크게 신경 쓸 건 없겠어."

그 무리에서도 네 명의 남자가 앞으로 나서서 대화를 나누고 있다.

데오닉 공작가의 오러 마스터들.

각자의 기사단을 거느린, 개개인이 기사단장인 인물들이다.

"루시오스 남작이 문제인데……."

네 명의 오러 마스터라고 해서 루시오스 남작을 손쉽게 죽일 수 있는 건 아니다.

더구나 전력을 최대한 보존해서 루시오스 남작을 시작으로 렉시온 후작가의 잔당을 처리해야 하는 입장이니만큼 피해를 최소화할 방법을 모색해 두어야만 했다.

"역시 인질이 가장 안전하겠지."

"인질이라고?"

아무래도 인질이라는 것이 내키지 않는지 눈살이 살며시 찌푸려졌다.

당연한 일이다.

그들은 기사였다.

비록 암살 임무를 맡았다고는 하지만 명색이 기사인 자신들이 어린아이나 약한 여자를 인질로 잡아두는 건 기사의 명예에 스스로 먹칠하는 것이나 마찬가지였다.

"아무리 그래도 인질은 별로 달갑지 않군."

"우리가 직접 안 잡으면 그만 아닌가?"

"그럼 저것들을 이용할까?"

남자들이 고개를 돌려 뒤에서 대기 중인 이들을 보았다.

대략 30여 명의 암살자들이 모여 있다.

베네시아 왕국에서도 제법 유명한 도적 길드의 암살자들로 개개인이 모두 익스퍼트의 경지에 오른 매우 뛰어난 암살자들이었다.

아무래도 이 일이 외부로 퍼져 나가면 안 되기 때문에 다른 기사들은 동원할 수 없었고, 이에 데오닉 공작이 상당한 금액으로 저들을 고용한 것이다.

"그게 좋겠군."

"우리 손을 더럽힐 필요는 없겠지."

"우리가 상대할 적은 루시오스 남작뿐이니까."

남자들은 일제히 고개를 끄덕여서 의견 교환을 마쳤다.

이걸로 계획까지 준비되었다.

이제는 그저 밤이 되기를 기다릴 뿐이다.

*　　　*　　　*

해가 저물고 밤이 되자 카이저는 자신의 방으로 돌아와서 마나 연공법으로 몸 안에 마나를 쌓고 있었다.

이 시간은 주위도 조용하다 못해 정적만이 흐르기에 집중 도 상당히 잘되었고, 누군가 다가온다면 그것 역시 빠르게 알 아차릴 수 있었다.

아버지인 루시오스 남작과 어머니인 샤를리아 남작부인은 침실에서 같이 잠을 자고 있고 이미 모든 소등이 끝난 지금 카이저를 방해할 것은 아무것도 없었다.

'내일은 루스웰 백작을 만나서 국왕에 대해서 좀 더 알아 봐야겠군.'

베네시아 국왕이 언제 움직일지 모른다.

루스웰 백작 스스로 자신을 도와주겠다고 말하였으니 베 네시아 국왕에 대한 정보를 얻고 지속적인 감시를 부탁할 계 획이다.

'음?'

그런데 한참 마나 연공법에 집중하고 있던 카이저의 감각 에 무언가 이상한 기운이 잡혔다.

저택 입구에서 경비를 서고 있을 병사들의 기운이 하나씩 사라지기 시작한 것이다.

카이저의 표정이 차갑게 굳어졌다.

기운이 사라진다는 건 곧 그 생명이 끊어졌다는 의미.

이것이 의미하는 것은 지금 이 저택에 침입자가 들어왔다는 것이다.

오러 마스터인 루시오스 남작이라면 몰라도 다른 누군가가 알아차릴 가능성은 없었다.

그 정도로 은밀하게 침입자가 들어왔기 때문이다.

만약 침입자들이 경비를 제거하지 않고 그냥 들어왔더라면 카이저도 이렇게 눈치채지는 못했을 것이다.

"빌어먹을!"

설마 일개 도둑 따위가 저택의 경비를 죽이고 내부로 들어올 리는 없다. 만약 그렇다고 하더라도 경비를 서고 있는 병사들의 기운은 느껴지는데 도둑의 기운이 느껴지지 않을 리가 없다.

전문적으로 훈련받은 암살자들이 분명했다.

오러 마스터인 루시오스 남작이 있으니 그 암살자들의 틈에도 오러 마스터가 포함되어 있을 것은 당연했다.

'이길 수 있을까?'

카이저의 경지는 익스퍼트 초급.

페네스 하임의 전투 경험과 기억이 있다고 해도 중급 이상을 정면에서 상대하는 것은 절대로 무리였다.

더구나 암살자들은 어지간한 일로는 절대로 동요하지 않

는 자들.

상황이 좋지 않았다.

'일단……'

암살자들의 기운은 느껴지지 않지만 그들이 제거하고 있는 이들의 기운은 확실하게 범위 안에서 잡히고 있었다.

그걸로 그들의 진행 루트를 추측할 수 있었다.

그들은 모두 넷으로 나뉘어졌는데 그중 둘은 다른 방향과 루시오스 남작의 침실로, 나머지 둘은 기사단의 숙소와 카이저의 방으로 향하고 있었다.

비상 신호도 울리지 않고 기사들의 움직임이 없는 걸로 보아서 아직 암살자들에 대해서 전혀 파악하지 못하고 있는 것 같았다.

하지만 카이저가 기사들을 찾으러 갈 수도 없었다.

카이저의 방에서 기사단의 숙소로 나가려고 한다면 지금 들어오고 있는 암살자들과 정면으로 마주할 수밖에 없다.

"일단 나한테 오는 녀석들부터 상대해야겠군."

대부분의 전력은 기사단의 숙소와 루시오스 남작의 침실로 향했을 것이기에 분명 카이저를 노리는 이들은 숫자가 많지 않을 것이다.

카이저 역시 일단은 익스퍼트의 경지에 올랐으니 기습을 한다면 두세 명 정도는 어떻게든 상대할 수 있을 것이다.

카이저는 바로 마법장을 해제하였다.

*　　　　*　　　　*

루시오스 남작가의 저택으로 침입한 암살자들은 카이저의 예상대로 넷으로 나뉘어져 저마다의 목적지로 향하였다.

그중 여섯 명의 암살자가 카이저가 있는 방으로 달려가고 있었다.

카이저는 루시오스 남작을 의식해서 일부러 루시오스 남작의 침실과는 상당히 떨어진 곳에 위치한 방을 쓰고 있었기에 만약의 사태에 대비해서 두 명 정도만 투입해도 될 인원을 여섯 명으로 늘린 상태였다.

카이저의 방이 가까워지자 암살자들은 눈빛을 주고받으며 다시 둘로 흩어졌다.

한쪽은 카이저를 제압하고 다른 쪽은 혹시 누군가가 나타나지 않을지 망을 보며 복도를 지킬 생각인 것이다.

두 명이 복도를 지키는 사이 네 명의 암살자가 방문 앞에 도착했고, 그중 두 명이 양쪽에서 문을 소리 나지 않게 열었다.

다른 두 명이 열린 방문으로 몸을 날렸다.

'뭐지?'

내부로 들어선 암살자는 기이한 느낌에 의문을 가졌다.

방 안에는 카이저가 침대에 누워 있었고 고른 숨소리가 들리는 것이 자고 있는 것이 확실한데 카이저가 아닌 방에서 이상한 기운이 느껴졌다.

'마나가……'

방 내부의 마나 농도가 바깥보다 더 짙었다.

마치 의도적으로 누군가가 마나를 뭉쳐놓은 것 같았지만 그런 것이 가능할 리가 없다.

'이상하군.'

암살자는 잠시 망설였지만 자신의 목표인 카이저를 확인하고는 일단 발을 내디뎠다.

목에 칼을 들이밀면 알아서 깨어날 것이다.

암살자는 작은 발소리조차 내지 않은 채 카이저가 누워 있는 침대 앞까지 다가갔다.

그리고 품에서 흑연을 묻혀 빛을 반사하지 않는 단검을 꺼내 카이저의 목으로 가져갔다.

푸욱!

"…컥!"

그러나 곧 단말마의 비명과 함께 심장을 꿰뚫은 검 때문에 몸이 옆으로 허물어졌다.

"……!"

뒤에 있던 암살자가 당황한 그사이, 카이저는 재빨리 검을 뽑고 쓰러지는 암살자를 넘어 몸을 날렸다.

암살자는 이내 침착하게 카이저의 기습을 방어하기 위해 검을 들어 올려 방어 자세를 취하였다.

착!

그러나 카이저는 암살자의 의도대로 공격을 날리지 않은 채 그대로 그 앞으로 착지해 암살자가 드러낸 품안으로 파고들어 검을 찔렀다.

푸욱!

오러조차 사용하지 않은 채 익스퍼트의 경지에 오른 암살자 두 명을 순식간에 처리한 카이저는 바깥에서 방문을 지키고 서 있는 두 명의 암살자들을 향해 몸을 날렸다.

"이런!"

암살자들은 황급히 무기를 들었다.

설마 자신들이 저런 꼬마에게 당할 줄은 생각지도 못했다.

자고 있다고 방심시키고 기습한 것도 그렇고 검을 휘두르는 척하면서 빈틈을 파고들어 찌르는 기술까지 보통 꼬마가 아니었다.

저런 전투는 결코 아무나 선보일 수 있는 것이 아니다.

검 한 번 부딪히지 않고 두 명을 죽이다니!

암살자들의 앞으로 접근한 카이저가 힘찬 기합을 내질렀다.

"하압!"

암살자들이 두 눈을 부릅뜨고 방어 자세를 취했다.

일단 한 번 막아내고 곧장 반격을 넣어 이 꼬마를 제거할 생각이다.

인질로는 쓸 수 없다.

이 꼬마는 인질로 쓰기에는 너무나도 위험하다.

푸학!

그러나 카이저는 암살자들의 의도대로 놀아줄 생각이 없었다.

힘찬 기합으로 암살자들이 제자리에 버티고 서게 만든 다음 주머니 속에 있던 가루를 꺼내 그들에게 뿌렸다.

방어를 하려던 암살자들은 자신들의 눈으로 뿌려진 가루를 보며 황급히 두 눈을 감았다.

하지만 곧 아차 싶었다.

눈앞에 적을 두고 눈을 감아 버리다니?

촤아악!

붉은 피가 튀며 두 명의 암살자가 또다시 목숨을 잃었다.

카이저의 실력도 실력이지만 심리전에서 완전히 놀아나 검 한 번 휘둘러보지 못하고 네 명의 암살자가 어처구니없이 죽어버린 것이다.

'챙겨두길 잘했군.'

카이저가 뿌린 가루의 정체는 설탕이었다.

차를 마실 때 넣는 각설탕을 빻아서 만든 것이다.

암살자들이 예상보다 많을 때 어떻게 할지 고민하다가 혹시나 하는 마음으로 챙겨두었는데 생각보다 쓸모가 있었다.

"저 녀석이!"

복도를 지키고 서 있던 두 명의 암살자가 보랏빛 오러를 만들어내며 카이저에게 달려들었다.

저딴 어린아이의 장난질에 네 명의 동료가 목숨을 잃었기에 이번에는 진심으로 상대할 생각이다.

비록 그것 때문에 기사들이 자신들의 존재를 알아차릴지도 모르지만 이미 기사단의 숙소로도 동료들이 가 있다. 지금이 틈이라면 루시오스 남작 역시 습격을 받았을 것이다.

하지만 카이저는 아직까지도 암살자들과 정면으로 싸울 생각은 없었다.

온갖 암기를 몸에 숨기고 있는 암살자들을 정면으로 상대하겠다는 건 무척이나 어리석은 생각이다.

카이저는 복도로 뛰쳐나오자마자 옆에 있는 창문으로 달려가서 그대로 몸을 날렸다.

와장창!

창문이 깨지며 카이저가 아래로 떨어지자 암살자들은 당황하며 창가 아래를 내려다보았다.

설마 이 아래로 뛰어내리다니?

분명 부상은 어느 정도 입겠지만 확실히 도망치기에는 나쁘지 않은 선택이기도 했다.

그렇지만 상대가 나빴다.

암살자는 곧장 품에서 암기를 꺼내 아래에 떨어져 있을 카이저를 향해 던지려고 하였다.

푸욱!

그러나 창문 바깥으로 고개를 내민 암살자의 목은 아래에서 솟구친 한 자루의 검에 그대로 꿰뚫렸다.

뒤에 있던 마지막 남은 암살자가 깜짝 놀라며 물러섰다.

"후우, 이제 하나 남았군."

아래로 떨어졌을 거라고 생각했던 카이저가 창틀에 매달려 있다가 고개를 내민 암살자를 처리하고 올라온 것이다.

"뭐, 뭐냐, 네놈은?"

고작 열 살짜리의 꼬마에게 숙련된 암살자들이 완전히 농락당했다.

이건 아무리 생각해 봐도 일개 꼬마가 지닐 심계가 아니었다.

"뭐긴, 암살자가 목표가 누구인지도 모르고 들어오지는 않았을 거 아냐? 카이저 루시오스다."

"……"

암살자는 침묵했다.

확실히 그의 말대로 자신들은 루시오스 남작은 물론 그 식솔들과 기사들, 병사들까지 하나하나 조사해서 준비를 하고 내부로 침입했다.

그러나 이건 그 조사 결과와는 달라도 너무 다르지 않은가?

꼬마 한 명의 손에 다섯 명의 동료가 어이없게 죽어버리고 어느새 자신 혼자만 남아 있다.

위이잉!

카이저가 검을 내밀자 붉은 오러가 피어나 카이저의 검을 감싸기 시작했다.

그 모습을 확인한 암살자는 크게 당황했다.

루시오스 남작가의 검술과 마나 연공법을 익혔다면 분명 오러의 색상은 푸른색이어야 할 것이다.

그런데 저 선명한 붉은빛의 오러는 도대체 뭐라는 말인가?

아니, 그런 사실을 떠나서 어떻게 저 나이에 오러를 사용할 수 있다는 말인가?

그가 알기로는 전 대륙 어디에도 저 어린 나이에 오러를 사용했다는 이야기는 들어보지 못하였다.

이건 정보에 없었던 일이다.

"그럼 내가 바쁘니까 빨리 끝내자고!"

카이저가 암살자를 향해서 몸을 날렸다.

*   *   *

잠을 자고 있던 루시오스 남작은 이상한 느낌에 잠에서 깨
어났다.

무언가 심상치 않은 일이 저택 내부에서 벌어지고 있는 것
같았다.

"부인, 일어나시오."

루시오스 남작은 서둘러 옆에서 자고 있는 샤를리아를 깨
웠다.

그리고 언제나 가까이에 두고 있던 자신의 검을 들었다.

그 옆에는 렉시온 후작으로부터 받은 검도 놓여 있다.

"무, 무슨 일이에요?"

"아무래도 국왕이 움직인 것 같소."

루시오스 남작의 말에 샤를리아는 두 눈을 크게 떴다.

저 말이 의미하는 것은 곧 루시오스 남작을 죽이기 위한 암
살자들이 침입하였다는 말이다.

"카이저! 우리 카이저는요?"

"진정하시오. 카이저는 분명 무사할 거요."

루시오스 남작도 확신하지는 못했지만 그래도 일단 샤를

리아를 진정시키기 위해서 그렇게 말했다.

그보다 급한 것은 자신들이다.

오러 마스터인 자신을 암살하는 것이 쉽지 않을 것임을 알고 있을 텐데도 이렇게 암살자들을 보냈다는 것은 확실하게 암살을 성공시킬 자신이 있다는 뜻이다.

"부인은 숨어 있으시오."

루시오스 남작의 말에 샤를리아는 몸을 덜덜 떨며 황급히 방구석으로 몸을 피했다.

루시오스 남작은 방문 앞에 바짝 달라붙었다.

스르륵.

아주 천천히 문고리가 아래로 내려가기 시작했다.

그 순간, 루시오스 남작은 망설이지 않고 문을 향해 검을 찔러 넣었다.

푸욱!

"끅!"

문을 열던 암살자가 신음성을 흘렸다.

루시오스 남작은 재빨리 검을 회수하고 뒤로 물러났다.

바깥에서 문을 열고 있던 암살자들의 표정이 굳어졌다.

동료 한 명이 갑자기 튀어나온 검에 목숨을 잃은 것이다.

'역시 안 통하는 건가!'

경지에는 저마다의 차이가 있다.

일반인과 비교하면 마나 유저는 분명 강하지만, 공성전과 같은 대규모 전쟁에서는 변다른 의미가 없을 정도로 큰 차이가 없다.

하지만 익스퍼트와 오러 마스터의 차이는 명확하다.

수많은 전쟁에서 한 명의 오러 마스터에게 수십 명의 익스퍼트가 목숨을 잃는 건 흔한 일이다.

익스퍼트 최상급 네 명이 있어봐야 겨우 초급을 상대하는데 하급이나 중급, 그것을 넘어서 상급이나 최상급의 오러 마스터라면 어떻겠는가?

오러 마스터의 경지가 애매한 부분이 있다고는 하지만 그것은 어디까지나 같은 오러 마스터와 비교한 것이지 익스퍼트와 오러 마스터는 하늘과 땅만큼이나 차이가 있다.

암살자들이 주춤하는 사이 두 명의 남자가 앞으로 나서며 오러 블레이드를 만들어냈다.

여기까지 온 이상 더 이상 시선을 신경 쓸 필요는 없었다.

콰콰콰쾅!

암살자들은 오러 블레이드를 통해서 문을 산산조각 냈다.

괜히 문을 두고 대치를 벌이느니 차라리 문을 없애 버리는 것이 낫다고 판단한 것이다.

덕분에 기사단의 숙소까지 침입 사실이 알려졌겠지만 그들이 오기 전에 루시오스 남작을 죽이고 도망치면 그만이다.

콰콰콰!

"음?"

그런데 문이 부서지고 돌입하려는 두 오러 마스터를 향해 푸른 오러 블레이드가 쇄도했다.

그들이 오러 블레이드를 만들어내는 것을 느낀 루시오스 남작이 문 옆으로 몸을 피했다가 문이 부서지자마자 일격을 가한 것이다.

짜아아아아앙!

거대한 굉음과 함께 두 오러 마스터가 한순간 자세를 잡지 못해 그 충격에 뒤로 밀려났다.

"큭!"

하지만 오러 마스터의 경지에 오른 둘은 서둘러서 자세를 잡고 루시오스 남작을 향해서 도약했다.

이 대 일로 공격하는 것에 대한 창피함 따위는 없었다.

이미 정면대결이 아니라 암살을 하러 온 입장인데 여기서 그런 것을 따져 무엇 하겠는가?

게다가 인질을 쓰고 있는 것도 아니고 어쨌든 합공이기는 해도 자신들의 실력으로 상대하는 것이다.

콰콰콰쾅!

연달아서 굉음이 울러 퍼지며 두 오러 마스터와 루시오스 남작의 싸움이 벌어졌다.

그 치열한 접전에 주변에 있던 암살자들은 혹시나 휘말려서 눈먼 검에 맞아 죽지는 않을까 걱정해 뒤로 물러났다.

'역시 루시오스 남작!'

'왕국 최연소 오러 마스터답군!'

30세의 나이에 오러 마스터의 경지에 오른 베네시아 왕국 역사상 제일의 천재 검사답게 5년 만에 루시오스 남작은 다른 두 오러 마스터와 견주어도 결코 밀리지 않는 실력을 갖추었다.

이 대 일로 합공하면서도 팽팽한 승부가 벌어지고 있으니 이는 오러 마스터 하급과 중급인 자신들과는 다르게 상급의 경지에 올랐다는 의미이다.

"이거 재미있군. 이런 입장에서 만나지 않았다면 좋은 상대가 되었을 텐데!"

"……."

루시오스 남작은 그 말을 무시한 채 승부에만 집중했다.

샤를리아는 뒤쪽에 있으니 상관없고 조금 있으면 기사들도 몰려올 것이니 어떻게든 버티면 이 사태가 해결될 것 같았는데 문제는 아들인 카이저의 안전이었다.

혹시 카이저에게 무슨 일이라도 생긴다면…….

쐐액!

"……!"

뒤에서 느껴지는 날카로운 예기에 루시오스 남작이 깜짝 놀라며 몸을 피했다.

콰창!

창문이 부서지고 바깥으로부터 날아온 한 자루의 검이 루시오스 남작이 조금 전까지 서 있던 장소에 틀어박혔다.

외부, 그것도 3층인 저택의 바깥에서의 기습이다.

루시오스 남작이 거리를 벌리고 뒤를 돌아보자 발코니로 두 명의 남자가 더 모습을 드러냈다.

그들을 확인한 루시오스 남작의 표정이 처참하게 구겨졌다.

오러 마스터, 그것도 앞에 있는 둘보다 더 강해 보이는 자들이다.

"네 명인가?"

루시오스 남작은 샤를리아를 지키기 위해서 어쩔 수 없이 구석으로 자리를 옮겼고, 네 명의 오러 마스터와 세 명의 암살자가 침실 내부로 들어왔다.

"여, 여보."

샤를리아는 두려운 얼굴로 암살자들을 보았다.

그나마 두 명일 때는 어떻게든 버티면 되겠다고 생각했으나 지금은 아니었다.

이 상황은 위험해도 너무나도 위험한 상황이다.

"괜히 시간 끌 필요 없지. 모두 공격해서 단숨에 끝낸다."

발코니로 들어온 오러 마스터가 대장이라도 되는 듯 다른 이들 모두가 고개를 끄덕였다.

루시오스 남작은 굳건한 얼굴로 자세를 잡았다.

Chapter 05
후회

꽈아아아앙!

두 오러 마스터들이 침실의 문을 날려 버렸을 때, 기사단의
숙소 역시 난리가 난 상태였다.

20여 명의 암살자가 기사단의 숙소로 난입했기 때문이다.

"크윽!"

남작가의 기사 하나가 암살자가 날린 암기에 당해 쓰러졌
다.

기사단장은 날아오는 암기를 쳐 내면서 어떻게든 암살자
들을 하나씩 처치했으나 그사이 다른 기사들도 하나씩 쓰러

졌다.

무장만 제대로 갖췄다면 이 정도로 쉽게 당하지는 않았을 것이다.

기사들의 단단한 갑옷은 암살자들이 암기를 날리는 정도로 쉽게 부술 만한 물건이 아니다.

하지만 지금은 검만 든 채 조금 전까지 자고 있다가 깨어나자마자 전투를 치르고 있으니 기사들에게 있어서 상당히 불리한 전투였다.

경비를 나갔던 인원은 모두 당해 버린 것인지 지원이 들어오지 않고 있었다.

"아악!"

"제기랄!"

또다시 기사가 목숨을 잃자 기사단장은 분통이 터졌다.

자신이 가장 앞에서 싸우면서 어떻게든 피해를 줄여보려고 하고 있지만 피해는 꾸준히 늘어났다.

익스퍼트의 경지에 오른 기사들도 하나둘씩 죽어가고 있고 마나 유저 수준인 수련 기사들의 경우는 더 처참했다.

정면 대결로도 암살자를 제압하지 못하는 것이다.

기사들의 발을 묶어두고 있는 것을 보면 이미 루시오스 남작의 식솔들까지 노리고 있다는 의미인데 돕기 위해 나서지도 못하고 오히려 이대로 있다가는 기사들이 몰살당할 것만 같았다.

촤아악!

"끄아아악!"

갑자기 뒤편에 서 있던 암살자의 입에서 고통스러운 비명 소리가 들리자 기사들을 상대하던 암살자들이 깜짝 놀라며 고개를 돌렸다.

그곳에는 한 무리의 병사와 함께 열 살의 소년 카이저가 서 있었다.

"저 꼬마는 분명히 다른 녀석들이 갔을 텐데 대체 어떻게 여기에 와 있는 거지?"

암살자들은 이 상황에 당황했다.

애초에 기사들을 막으면서 병사들을 막지 않은 것은 병사들이 나서봤자 아무것도 제대로 하지 못할 것이고 그들이 제대로 모일 시간도 없을 거라는 판단에서였다.

그러나 그들은 카이저라는 변수를 예상하지 못했다.

창틀에서 올라온 카이저는 곧장 암살자 한 명을 마저 처리하고는 병사들이 있는 숙소로 향해 그들을 모두 불러 모았다.

암살자들이 각자 익스퍼트의 경지에 오른 자들이라고 해도 다수의 병사들의 합공은 암살자들에게는 최악의 전략이었다.

가지고 있는 암기도 한정되어 있고 이렇게 정면에서 싸워서는 숫자가 많은 병사가 유리한 것이 당연했다.

거리를 벌리고 싸우자니 정면은 기사단의 숙소로 남아 있는 기사들이 항전하고 있고, 후면에서 바로 병사들에게 당해 어디로도 빠져나갈 수 없는 상황이 연출되었다.

"빌어먹을!"

기사단의 숙소를 정리하는 것이 늦어진 것이 아니다.

병사들이 너무나 빨리 당도했다.

적어도 기사들이 전멸하기 전까지는 병사들이 이곳에 도달하지 못할 것이라고 여겼다.

"일단 꼬마를 잡아! 저 꼬마를 인질로 삼으면……."

한 암살자가 재빨리 머리를 굴려서 대안을 내놓았다.

카이저만 인질로 잡으면 기사와 병사들 모두를 무력화할 수 있다.

분명 이 상황에서는 그것이 최선의 수였다.

하지만 그건 어디까지나 카이저가 평범한 열 살의 꼬마일 경우에나 가능한 방법이었다.

휘익!

몸을 날린 암살자를 향해 카이저는 뒤로 피하지 않고 마주 달려들었다.

그 예상치 못한 행동에 암살자는 살짝 의아한 얼굴로 카이저를 보았으나 그렇게 대수롭게 여기지는 않았다.

루시오스 남작이 오러 마스터인 만큼 그 아들인 카이저는 또래보다 뛰어난 검술 실력을 지니고 있을 것이고 그렇기에 무모한 치기가 생겨 덤벼드는 상황이 충분히 벌어질 수 있었기 때문이다.

오히려 저렇게 마주 달려들어 준다면 더 쉽게 붙잡을 수 있을 테니 암살자는 카이저의 행동을 어리석다고 비웃으며 검을 내질렀다.

그래도 일단 검술을 배운 꼬마이니 최소한 팔 하나 정도는 못쓰게 만들어놔야 인질로 사용할 수 있을 거라는 판단에서 행해진 행동이다.

핏!

하지만 암살자의 무기는 정면으로 달려드는 카이저의 옷만을 살짝 스쳐 지나갈 뿐이었다.

그 담력과 움직임에 암살자가 무언가 이상하다고 느꼈을 때는 이미 카이저의 검이 그의 몸을 꿰뚫은 상태였다.

푹!

"컥!"

단말마의 비명과 함께 한 암살자를 시체로 만든 카이저는 그 시체를 옆으로 내던지고 다른 암살자들을 싸늘한 눈빛으로 노려보았다.

"한심하기는!"

그런 카이저를 향해 다른 암살자가 덤벼들었다.

눈앞에서 방심하다가 꼬마의 손에 죽은 동료의 모습은 어이가 없어 어디 가서 말을 꺼내기도 창피한 지경이다.

언제 어디서나 방심하지 않는 것이 암살의 기본이다. 지금과 같은 위급 상황에서는 냉정을 유지해야 하는 법이거늘 자신의 동료는 그러지 못했으니 어떻게든 자신이 만회해야 한다.

콰콱!

"……!"

카이저는 검을 바닥에 꽂았다가 그대로 위로 들어 올렸다.

파학!

그러자 모래가 암살자의 온몸을 뒤덮어 버렸다.

난데없이 모래를 덮어쓴 암살자는 반사적으로 두 눈을 질끈 감아 버렸다.

어쩔 수 없었다.

감으면 안 된다는 건 수많은 훈련을 통해서 배웠고 그 덕분에 검이 날아올 때도 눈을 감지 않게 되었으나 모래는 눈으로 들어온 순간 감기 싫어도 감아야만 했다.

눈꺼풀이 닫히자 안구에 붙은 모래 때문에 눈이 더 따가웠고, 어떻게든 모래를 털어내려고 했지만 카이저는 그런 암살자를 기다려 주지 않고 무심하게 검을 휘둘렀다.

좌악!

붉은 피가 튀며 또다시 한 암살자가 목숨을 잃었다.

카이저는 시체를 밟고 그 위에 서서 변함없이 차가운 얼굴로 암살자들을 노려보았다.

그런 카이저의 모습은 그들이 알고 있는 정보의 인물, 열 살의 소년 카이저 루시오스와는 너무나도 큰 괴리감이 있었다.

"제길! 어떻게든 길을 뚫어!"

암살자들은 카이저를 인질로 잡는 것을 포기하고 병사들을 향해서 달려들었다.

어떻게든 출구만 확보한다면 해결될 것이다.

그렇지만 그 출구로 나가는 길을 막고 있는 열 살 소년이 문제였다.

그 짧은 체구로 어떻게 저런 터무니없는 움직임이 가능한지 의문이다.

암살자들이 날리는 암기를 예상하고 있었던 것처럼 피하거나 막아내고 상황이 여의치 않을 때는 작은 체구를 이용해서 민첩하게 빠져나간다.

저건 일반적인 기사들이 배울 만한 검술이 아니었다.

기사들에게 저런 자유로운 검술 따위는 존재하지 않는다.

'왼쪽.'

그리고 그런 암살자들의 생각대로 카이저가 펼치는 검술은 기사들의 검술과는 궤를 달리하는 것이었다. 전생에서 몰락 귀족으로 제대로 된 검술을 배우기 어려웠던 페네스 하임이 직접 창안한 검술이었다.

상식에 틀어박혀 있는 검사들을 상대하기 위해 스스로 상식을 벗어난다.

그것이 페네스 하임의 검술.

그런 페네스 하임의 검술의 가장 큰 특징은 자유로움이다.

위로 뛰어올랐으면서 정작 검을 휘두르지 않고 상대의 빈틈을 유도해 급소를 찌르거나 지형지물을 이용해 상대의 빈틈을 만들어 노리는 것.

페네스 하임을 상대했던 전생의 날고 긴다는 기사들은 하나같이 페네스 하임을 상식에서 벗어난 검사라고 불렀다.

'이번에는……'

정면으로 덤벼드는 암살자를 확인한 카이저는 바닥에 있던 돌덩어리를 차올렸고, 암살자가 그것을 막는 순간 검을 암살자에게 집어 던졌다.

"크윽!"

몸에 검이 꽂힌 암살자가 비틀거리자 카이저는 그 검을 뽑았다.

푸학!

암살자의 피가 온몸을 적셨지만 카이저는 조금의 흔들림도 보이지 않았다.

페네스 하임은 순수한 검술로 상대를 압도하기보다는 여러 속임수를 이용해서 상대의 빈틈을 만들어내는 것에 특화되어 있었다.

물론 그렇다고 순수한 검술에서 페네스 하임의 실력이 다른 기사들보다 떨어진다는 것은 결코 아니었다.

다만 형식을 버리고 보다 효율적이고 자유로운 검술을 추구하다 보니 이런 형태가 된 것이다.

암살자들의 입장에서는 어이가 없었다.

고작 열 살짜리 꼬마의 실력도 실력인데 어째 싸우는 모습이 하나부터 열까지 비겁하기 짝이 없었다.

"저, 저놈이!"

"……."

카이저는 계속해서 덤벼드는 암살자들을 무심한 얼굴로 바라보았다.

페네스 하임의 검술은 어디까지나 자유로운 검술이지 비겁한 검술은 결코 아니었다.

하지만 체격 조건도 그렇고 다수를 상대해야 한다는 부담감이 있으니 보다 확실한 방법을 써야만 했고 딱히 이런 행동이 비겁하다고도 생각하지 않았다.

페네스 하임은 이런 것이 아니어도 암살자들 따위는 검을 휘두르지 않고도 제거할 실력자이기에 딱히 비겁하다고 여겨지지도 않았다. 검술에서도 심리전으로 상대를 압박하는 건 흔한 기본기 중의 하나였다.

막말로 검사들의 승부 자체가 결국에는 상대의 허점을 찌르는 것 아닌가?

거기에 암살자란 작자들이 이토록 동요하는 것부터가 실격이었다.

검사들의 수준이 떨어진 데다 암살자들의 수준도 같이 떨어진 것이 카이저의 입장에서는 오히려 다행스러운 일이었다.

휘리릭!

날아드는 암기를 살짝 고개만 꺾어서 피해내고 심지어는 암살자의 시신을 방패로 사용했다.

또한 병사들의 몇 배나 되는 숫자와 힘을 낸 기사들의 공격에 암살자들은 어느새 전멸 직전까지 몰려 있었다.

"힘내라! 얼마 남지 않았다!"

기사단장의 독려에 사기가 오른 기사와 병사들이 매섭게 암살자들을 몰아쳤다.

콰아아아아앙!

승리가 얼마 남지 않은 시점에 루시오스 남작의 침실에서 거대한 굉음이 울려 퍼졌다.

"……!"

카이저는 번쩍 고개를 들어 침실을 보았다.

기척을 숨기고 있을 때는 몰랐지만 모든 힘을 개방하고 있는 오러 마스터들의 기운이 확실하게 느껴지고 있었다.

'네 명? 네 명이라고?'

총 다섯 명의 오러 마스터의 기운이 한데 모여 충돌하고 있는 가운데 그중 하나는 이미 알고 있는 루시오스 남작의 기운이다.

'생각보다 많아!'

카이저의 표정이 일그러졌다.

기껏해야 세 명 정도가 전부일 거라고 여겼다.

아무리 루시오스 남작이 이 시대에서는 대단한 수준의 검사라고는 해도 한 명을 제거하기 위해 같은 경지에 오른 자들을 네 명이나 보내다니?

이것은 루시오스 남작을 확실하게 끝장내려고 작정하고 왔다는 의미이다.

아니, 솔직히 카이저만 없었어도 현재 루시오스 남작가에 침입한 암살자들의 전력이면 루시오스 남작과 기사는 물론 병사들까지 전멸시키고도 남을 수준이었다.

"이런!"

기사단장 역시 심상치 않은 분위기를 알아차렸다.

남은 암살자들을 완전히 처치하려고 지체했다가는 돌이킬 수 없는 상황이 벌어질지도 몰랐다.

"카이저 도련님!"

"기사단장?"

자신을 부르는 외침에 카이저는 의아한 얼굴로 기사단장을 보았다.

"먼저 가십시오!"

기사단장은 카이저가 쓰는 검술이나 압도적인 실력에 대해서 한 치의 의문도 내보이지 않은 채 소리쳤다.

이곳에 있는 암살자들은 어느 정도 정리가 되었으니 약간의 피해를 더 감수하고서라도 루시오스 남작을 지키는 것이 더 중요했다.

"영주님께서 위험합니다!"

카이저는 잠시 망설이다가 황급히 몸을 돌렸다.

여기서 카이저가 빠진다면 기사들은 사실상 전멸, 병사들도 적지 않은 피해가 나올 테지만 어쩔 수 없었다.

카이저가 사라지자 암살자들은 최후의 발악을 펼치기 시작했다.

독을 살포하고 자신들이 가진 모든 것을 내보이며 병사들이 아닌 기사들을 노렸다.

카이저가 자리를 비운다면 병사보다 기사들을 죽임으로써 루시오스 남작가에 조금이라도 더 피해를 주는 것이 나았다.

"어림없다!"

기사단장은 그런 암살자들을 상대로 몸을 날렸다.

카이저가 이미 상당한 숫자의 암살자들을 제거해 놓았고 병사들의 합공에 다른 암살자들도 하나씩 무너지고 있었다.

제아무리 익스퍼트의 경지에 오른 암살자라고 해도 몇 배나 되는 병사들을 상대하기에는 무리였다.

"저놈을 제거해라!"

기사단장에 의해 쓰러져 가던 암살자들은 눈을 빛내며 기사단장만을 노리고 덤벼들었다.

가장 치명적인 상대였던 카이저는 덩치도 작고 사용하는 전법도 상식을 벗어나서 꽤나 잡기 어려웠지만 기사단장은 이미 지칠 대로 지친 상태에다가 부상도 입었다.

피핏!

암살자의 무기가 기사단장의 옆구리를 살짝 스쳐 지나갔다.

독이 발라져 있는 무기라는 걸 알고 있는 기사단장은 씁쓸한 미소를 지으며 검을 휘둘렀다.

암살자들이 해독제를 준비할 리 만무하고, 이런 상처를 계속 입어 왔으니 이미 온몸에 독이 퍼졌을 것이다.

아까부터 몸이 상당히 뜨거워지고 호흡이 가빠져 오는 것이 단순히 지쳐서 그런가 보다 했는데 지금 생각해 보니 독의 영향이다.

"으아아아!"

마지막 기합을 내뱉은 기사단장의 검에 실린 오러에 약간의 변화가 생겼다.

크기가 더욱 커지고 훨씬 강력한 기운이 오러에 담겼다.

기사단장을 상대하던 암살자들은 그것이 무엇을 의미하는지 깨달았다.

성장.

지금 죽음을 눈앞에 둔 기사단장이 한층 더 높은 익스퍼트 최상급의 경지에 오른 것이다.

"어차피 죽을 놈이!"

독이 발라진 무기에 상처를 입은 이상 살아날 방도는 없었다.

해독제를 만들기 위한 시간도 오래 걸릴 뿐더러, 그 해독제의 재료가 무엇인지도 모르니 무조건 죽을 것이다.

게다가 전쟁터에서는 중간에 새로운 경지에 발을 딛는 이들이 흔하게 있었다.

죽음의 위기 덕분에 강한 의지가 경지의 벽을 부숴 버리는 것이다.

푸욱!

암살자 하나가 가슴을 뚫려 쓰러지고 동시에 기사단장의 팔 한쪽이 날아갔다.

기사단장의 칼날이 암살자의 목을 날리는 순간, 아래로 파고든 암살자의 무기가 기사단장의 허벅지를 갈랐다.

터져 나간 오러가 눈앞에 있는 암살자를 짓이기는 사이, 다른 암살자의 무기가 기사단장의 배를 찔렀다.

푸화확!

붉은 피가 튀며 기사단장의 몸이 마침내 허물어졌을 때, 기사단장의 주위에 서 있던 암살자들의 숫자 역시 어느새 두 명으로 줄어 있었다.

푸푸푹!

그리고 잔뜩 지친 그 암살자들을 향해 살아남은 루시오스 남작가 기사들의 검이 꽂혔다.

*   *   *

"쿨럭!"

루시오스 남작은 주춤거리며 뒤로 물러나 자세를 바로잡았다.

네 명의 오러 마스터의 합공은 루시오스 남작을 순식간에 수세에 몰리게 만들었다.

더구나 샤를리아를 노리고 세 명의 암살자가 날리는 암기 역시 거슬리기는 마찬가지였다.

그렇기에 무리해서 오러 블레이드를 만들어내 마나를 빠르게 소모하였으니 내상을 입는 것은 물론이거니와 체력도 훨씬 빨리 소모되었다.

"아, 안 돼!"

샤를리아의 비명에 루시오스 남작은 이를 악물었다.

여기서 쓰러질 수는 없었다.

고작 이런 곳에서 죽기 위해 렉시온 후작의 목을 자신의 두 손으로 벤 것이 아니다.

이렇게 죽기 위해서 심장에 칼을 꽂아도 시원찮을 국왕에게 고개를 숙인 것이 아니다.

"하아! 하아!"

"끈질기군!"

네 명의 오러 마스터도 상당히 지친 상태였다.

처음부터 끝까지 전력으로 나오는 루시오스 남작과 어느 정도 힘을 비축해 두어야 하는 네 명의 오러 마스터들. 그들의 입장 차이로 진작 죽일 수 있었던 루시오 남작이 아직까지 날뛰고 있는 것이다.

"그런다고 해서 달라지는 것은 없다, 루시오스 남작!"

한 오러 마스터는 그렇게 소리치면서도 카이저를 붙잡아 오지 않는 다른 암살자들이 크게 신경 쓰였다.

설마 열 살짜리 꼬마 아이 하나 제대로 잡아오지 못할 줄은 생각지도 못했다.

"달라지는 것이 없다고?"

그 말에 루시오스 남작이 미소 지었다.

말을 하려면 감정이라도 제대로 숨길 것이지 전문적으로 훈련 받은 암살자가 아니라 기사라 그런지는 모르겠지만 거짓말하는 솜씨가 매우 어설펐다.

그렇게 짜증과 불안이 가득한 얼굴을 하고 있는데 거기에 속아 넘어갈 정도로 루시오스 남작은 바보가 아니었다.

더구나 기사단장의 말대로 정말 카이저가 실력을 숨기고 있다면 지금 암살자들의 반응도 충분히 납득이 갔다.

카이저를 잡거나 죽이려 간 암살자들이 합류하지 않고 있는 것이다.

이런 소란에서도 기사들이 오지 않는 걸 보면 기사단의 숙소도 습격한 모양인데 그곳에 간 암살자들 역시 소식이 없다.

최소한 외부에서 신호를 보내주거나 아니면 직접 와서 보고를 올려야 할 텐데 그런 일이 벌어지지 않고 있다는 건 이들에게도 분명한 문제가 벌어졌음을 의미했다.

"꽤나 많은 것이 이미 달라진 모양이군."

"제길, 쉴 틈을 주지 말고 몰아붙여!"

네 명의 오러 마스터가 다시 한 번 루시오스 남작에게로 달려들었다.

계속 이대로 버티기만 해도 루시오스 남작은 결국 지쳐서 스스로 무너질 수밖에 없다.

그 증거로 그의 검을 감싸고 있는 오러 블레이드의 색상이 옅어지고 그 형태도 제대로 고정되지 못한 채 흔들리고 있었다.

마나가 부족하다는 것을 의미하는 것이다.

길게 버텨봤자 이제 1분 정도면 끝날 것이다.

"하압!"

그런데 그 순간, 루시오스 남작을 공격하던 오러 마스터가 갑자기 몸을 돌려 샤를리아를 노렸다.

당황한 루시오스 남작이 어떻게든 막기 위해 검을 휘둘렀으나 다른 오러 마스터들이 그런 루시오스 남작을 막았다.

더구나 쇄도하는 암살자들의 암기까지 합쳐졌다.

푸욱!

"아흑!"

샤를리아는 자신의 심장을 뚫은 오러 블레이드가 실린 검을 보았다.

"부, 부인!"

조금만 더 버티면 될 거라고 여겼는데 그런 루시오스 남작의 생각이 처참하게 부서졌다.

그녀는 그 일격에 바닥으로 쓰러졌다.

"카… 이저……."

최후를 맞이한 듯 걱정스러운 얼굴로 아들의 이름을 입에 담는 샤를리아를 본 순간 마침내 루시오스 남작의 이성의 끈이 끊어졌다.

"으아아아아!"

냉정하게 상황을 판단하던 루시오스 남작의 이성이 무너지자 그 공격은 거침이 없었다.

사라져 가던 오러 블레이드가 마지막 마나를 쥐어짜내 선명하게 빛나 실력이 떨어지는 오러 마스터를 향해 날아갔다.

그 크기는 이전에 루시오스 남작이 전력을 내보인 때보다도 오히려 더 컸다.

"무슨!"

오러 마스터들은 기겁했다.

저건 일반적인 오러 마스터들이 낼 만한 크기의 오러 블레이드가 아니었다.

마치 소드 마스터가 날린 공격 같았다.

콰콰콰콰쾅!

그 충격파로 침실 전체가 쑥대밭으로 변하며 반대쪽 벽이 완전히 무너져 내렸다.

"끄아아악!"

루시오스 남작의 일격 이후로 남은 것은 고통에 찬 비명 소리였다.

세 명의 암살자는 그 오러 블레이드의 충격파만으로 절명해 버렸고 오러 마스터 중 한 명도 처참한 시체로 변했다.

다른 오러 마스터들도 커다란 부상을 입은 상태로 마나를 무리하게 사용해 겨우 공격을 방어했을 뿐이다.

"설마……."

"새로운 경지에 올랐다는 말인가?"

오러 마스터들의 눈빛이 흔들리기 시작했다.

그동안 싸우면서 느낄 수 있었다.

지금 루시오스 남작은 오러 마스터 상급의 경지에 오른 상태였다.

그런데 거기서 새로운 경지라고 한다면 오러 마스터 최상급. 소드 마스터처럼 자유자재로 오러 블레이드를 다루는 건 아니지만 오러 블레이드를 응용할 수 있는 단계에 이르렀다는 의미이다.

오싹!

그 사실을 깨달은 남은 세 명의 오러 마스터는 두려움에 빠질 수밖에 없었다.

오러 마스터 최상급은 같은 오러 마스터 다수를 상대로도 높은 확률로 승리를 점칠 수 있는 존재이다.

마치 다른 경지에 오른 상대처럼 말이다.

"커헉!"

하지만 경지가 오른다고 부상이 회복되지는 않아 루시오스 남작은 더 이상 견디지 못하고 피를 토하며 무릎을 꿇었다.

풀썩!

루시오스 남작이 쓰러지자 오러 마스터들은 서로 시선을 교환하더니 이내 고개를 끄덕였다.

지금이라면, 지금의 루시오스 남작이라면 죽일 수 있다.

그리고 죽여야만 한다.

오러 마스터라면 모를까, 소드 마스터가 되어버린다면 렉시온 후작과 같은 걸림돌이 될지도 모른다.

더 이상의 암살은 통하지 않게 될 것이고, 결국 베네시아 국왕은 내전을 일으켜야만 한다.

내전이 일어나면 얼마나 큰 위험부담과 손해가 있는지는 굳이 말할 필요도 없다.

"당장 죽여주마!"

재빨리 한 오러 마스터가 몸을 날렸다.

더 지체할 필요 없이, 더 이상의 위험부담을 감수할 필요도 없이 확실하게 루시오스 남작을 끝장내야만 했다.

그렇지 않으면 다음에 당하는 것은 자신들이 될 것이다.

타악!

그런데 그 순간, 오러 마스터의 옆으로 도약하는 한 소년이 있었다.

평소라면 절대로 당하지 않았을 기습.

하지만 오직 루시오스 남작에게만 모든 감각을 집중시키고 두려움에 우발적으로 앞으로 달려든 오러 마스터는 측면에서 이루어진 기습을 제대로 막아낼 수 있는 상황이 아니었다.

푸욱!

콰당탕!

측면을 공격한 소년의 검이 그의 몸을 뚫었고, 순간 중심을 잃은 오러 마스터와 소년은 함께 바닥을 나뒹굴었다.

그러나 곧 소년은 힘겹게 몸을 일으킨 것에 반해 쓰러진 오러 마스터는 일어나지 못했다.

'어머니!'

오러 마스터 하나를 처리한 카이저는 차갑게 식은 얼굴로 시체가 되어버린 어머니 샤를리아와 피를 토한 채 겨우 숨만 붙어 있는 아버지 루시오스 남작을 보았다.

자신이 조금만 더 강했더라면, 좀 더 빨리 강해지려고 했다면 이것과는 다른 결과가 나왔을지도 모른다.

'젠장!'

"카, 카이저……."

루시오스 남작은 힘겹게 고개만 돌려 카이저를 불렀다.

카이저의 붉은 오러를 본 것으로 알 수 있었다.

역시 카이저는 무언가를 지금까지 숨겨오고 있었다.

게다가 열 살에 이미 오러를 쓸 실력이라니?

"죄송합니다, 아버지."

카이저는 고개를 숙여 사죄하고 뒤를 돌아보았다.

남은 적은 중상을 입은 두 명의 오러 마스터.

카이저가 멀쩡한 상태라도 쉽게 이길 수는 없다.

조금 전은 자신에게 신경 쓰지 않은 채 오로지 루시오스 남작을 죽이는 데 혈안이 되어 완벽하게 빈틈을 드러낸 미숙한 오러 마스터의 실수 때문이었지만 카이저의 존재를 확인한 저들에게 그 방법은 더 이상 통하지 않는다.

게다가 카이저는 지금 상당히 지쳐 있었다.

카이저가 해치운 암살자의 숫자만 열 명이 넘어선다.

오러 마스터를 제외하면 암살자 전체 전력의 삼분의 일을 카이저 혼자서 제압한 것이다.

처음 다섯 명은 별로 힘들이지 않고도 해치웠지만 하나 남은 암살자를 상대할 때는 카이저도 정면으로 붙으면서 이용할 전략은 모두 내보여 순수하게 실력으로 제압해야만 했고, 이후 기사단의 숙소에 있던 암살자들을 상대하느라 체력을 상당히 소모했다.

게다가 계속 뛰어다니면서 추가로 체력을 더 소모해 상당히 큰 부담으로 다가왔다.

"고작 꼬마 주제에!"

상황이 여기까지 왔다면 카이저가 고작 꼬마가 아니라는 것을 알겠지만 남은 두 오러 마스터는 그것을 이해할 정도로 냉정한 상태가 아니었다.

아무런 위험도 없을 거라고 예상했다.

기껏해야 같이 동참한 암살자들이나 죽어나갈 뿐이지 오러 마스터인 자신들에게는 조금의 문제도 없을 거라 생각했다.

그런데 이게 무슨 꼴인가?

네 명의 오러 마스터가 인질을 노리며 합공을 했는데 그중 한 명이 목숨을 잃었고 다른 한 명도 갑자기 난입한 그 아들에게 어처구니없이 죽어 버렸다.

게다가 남은 자신들도 중상을 입어 이대로는 도망이 가능할지도 확실치 않았다.

베네시아 왕국 서부에 있는 산맥은 굉장히 위험한 곳이다.

몬스터나 맹수들이 들끓고 있는데 이렇게 부상을 입어 피

냄새를 뿌리며 그곳을 통과한다는 것은 말도 안 되었다.

오러 마스터의 힘이 있다고는 해도 마나가 바닥나기라도 한다면 그때는 완벽히 끝이다.

그렇다고 어디 숨어서 부상을 회복하기에는 루시오스 남작령이 그렇게 넓지도 않았고 도망쳐도 눈에 불을 켜고 자신들을 잡으러 다닐 것이다.

"크윽!"

자신에게 내려쳐지는 오러 블레이드를 확인한 카이저는 망설임 없이 그것을 피해냈다.

정면으로 붙어서는 승산이 없다.

오러로는 오러 블레이드를 막아낼 수 없다.

거기에 담긴 파괴력이 차이나기 때문이다.

오러 블레이드는 익스퍼트 초급에 불과한 카이저의 오러 따위는 카이저의 검과 함께 잘라 버릴 수 있을 것이다.

힘들게 달려온 보람도 없이 카이저는 두 오러 마스터를 상대로 반격조차 날리지 못하고 공격을 피하는 것에만 급급했다.

'…저건!'

그러던 도중 카이저의 눈에 벽에 장식된 한 자루의 검이 들어왔다.

렉시온 후작이 루시오스 남작에게 맡긴 바로 그 검이다.

카이저는 오러 마스터들의 검을 아슬아슬하게 피해내며 그 검을 붙잡았다.

스르릉!

"하, 그게 어쨌다는 것이냐?"

"검이 두 자루가 된다고 해서 달라지는 건 없다!"

마나 연공법에는 엄연히 한계라는 것이 존재한다.

자신이 익힌 마나 연공법이 오른손잡이들을 위한 것이라면 그 마나 연공법으로 마나를 쌓았을 때 만들 수 있는 오러는 오른손에 한정된다.

왼손으로 검을 들어봤자 오러가 나오지 않는 것이다.

페네스 하임의 마나 연공법 역시 이 한계에서 크게 벗어나지 못했다.

추후 한 손으로만 검을 쓰는 것에 대한 불편함을 느낀 페네스 하임이 왼손으로도 검을 사용할 수 있게 마나 연공법을 개량하기는 했지만 효율이 좋지 않아 오른손에 집중하기로 결정하고 그 마나 연공법은 사용하지 않았다.

카이저 역시 효율을 생각해서 양손으로 마나를 쓰는 마나 연공법은 익히지 않았다.

그러나 애초에 그런 건 필요 없었다.

카이저가 이 검을 붙잡은 것은 두 자루의 검을 이용해서 전투를 펼치려는 것이 아니었다.

"죽어라!"

정면으로 달려드는 오러 마스터를 향해 카이저는 렉시온 후작의 검을 날렸다.

후웅!

정면으로 날아오는 검을 본 오러 마스터는 위로 도약해서 날아오는 검을 피해냈다.

그리고 그 순간, 카이저는 오러 마스터가 내려올 땅을 내려쳤다.

콰아앙!

바닥이 갈라지며 파편이 튀었다.

카이저가 뒤로 재빨리 물러나고 그런 카이저의 뒤를 잡기 위해 오러 마스터가 오러 블레이드를 휘두르자 그대로 침실의 한쪽이 무너졌다.

문제는 오러 마스터가 착지하는 순간, 파편이 밟혀서 그의 균형이 무너져 버렸다는 점이다.

"으윽?"

바닥은 무너지고 파편을 밟아 균형까지 잃은 오러 마스터를 향해 카이저는 최후의 일격을 가했다.

푸욱!

"커헉!"

고작 이런 꼬마의 노림수에 당했다는 사실에 그는 눈을 치

켜뜬 채 쓰러졌다.

"하아! 하아!"

카이저는 거친 숨소리를 내쉬며 마지막 남은 적을 찾았다.

솔직히 이 몸 상태로 하나를 더 해치울 수 있을지 의문이기는 하지만 여기서 포기할 수는 없었다.

"어디 있는……."

주위를 둘러보던 카이저는 그만 말문이 막혔다.

마지막 남은 오러 마스터는 쓰러진 루시오스 남작을 향해 달려들고 있었다.

"아버지!"

카이저의 외침에 루시오스 남작은 안간힘을 쓰며 몸을 움직였다.

솔직히 몸 상태가 엉망진창이라서 더 이상 맞서 싸울 힘은 남아 있지 않았다.

루시오스 남작 역시 그걸 알고 있었다.

오러 블레이드는 사라졌고, 더 이상 검을 드는 건 아무런 의미가 없을 것이다.

하지만 아무리 그래도 이것 하나만은 확실했다.

자신이 어떤 짓이라도 하지 않으면 다음으로 죽는 건 카이저가 된다.

그것만은 어떤 상황에서도 막아야 했다.

자신의 목숨을 잃는 결과가 나올지라도.

타악!

루시오스 남작은 피하지 않고 달려드는 오러 마스터를 향해 스스로 뛰어들었다.

무기조차 버린 채로.

푸학!

오러 마스터가 휘두른 검이 루시오스 남작의 한쪽 팔을 잘라냈고, 루시오스 남작은 그대로 그의 목덜미를 물었다.

콰직!

"끄으윽!"

설마 이런 공격을 해올 줄은 생각지도 못한 오러 마스터가 당황하며 팔을 휘저었다.

마지막 힘을 다해서 자신의 목을 물어뜯으려고 하는 루시오스 남작의 행동에 그는 공포에 질렸다.

"놔! 이거… 놔라!"

콰직!

오러 마스터는 검의 폼멜 부분으로 루시오스 남작의 머리를 가격했다.

콰직! 콰직!

"끄윽!"

하지만 루시오스 남작은 그 고통 속에서도 물고 있는 목덜미를 놓지 않았다.

머리에서 붉은 피가 튀고 그것이 눈앞을 가렸지만 그럼에
도 결코 물러나지 않았다.

"으아아아!"

카이저가 달려오자 오러 마스터는 다급하게 몸을 움직여
검을 역수로 잡아 루시오스 남작의 목을 찔렀다.

푸욱!

그러자 오러 마스터를 물고 있던 루시오스 남작의 온몸에
서 힘이 빠졌다.

바로 뒤까지 다가온 카이저를 알아차린 그는 재빨리 루시
오스 남작의 몸을 옆으로 밀쳐냈다.

목에서 느껴지는 쓰라린 통증은 무시한 채 그는 바닥을 굴
렀다.

샤악!

카이저의 검이 허리를 살짝 스쳐 지나갔다.

"도련님!"

연이어 기사단장의 희생으로 암살자들을 정리한 기사들과
병사들이 안으로 난입하자 그는 망설이지 않고 발코니로 뛰
쳐나갔다.

도망가야 한다.

루시오스 남작가에는 루시오스 남작 이상으로 위험한 꼬

마가 있었다.

이 사실을 어떻게든 데오닉 공작에게 알려서 루시오스 남작가를 확실하게 멸망시켜야만 했다.

"이 자식이!"

카이저가 그 뒤를 바로 쫓았다.

놓쳐서는 안 된다.

절대로 놓쳐서는 안 된다.

저들에게, 저들 때문에!

3층 발코니에서 뛰어내린 오러 마스터는 아래쪽에 있는 정원에 착지했다.

물론 몸 상태가 정상이 아니었기에 그 착지는 매우 불안정했고, 다리에 느껴지는 엄청난 고통에 오러 마스터는 이를 악물었다.

"젠장!"

발코니에 멈춰 선 카이저가 분한 얼굴로 그를 노려보았다.

쫓을 수 없었다.

오러 마스터도 아닌 익스퍼트의, 그것도 다 자라지 않은 열살 소년의 몸으로 뛰어내리기에는 그 높이가 너무나 절망적이었다.

카이저가 추격하지 못하는 걸 알아차린 오러 마스터는 안도하며 서둘러 빠져나가기 위해 몸을 움직였다.

콰아아앙!

그러나 다음 순간, 환한 섬광과 함께 그의 몸이 갈가리 터져 나갔다.

"끄아아악!"

카이저는 멍하니 그 광경을 바라보았다.

마지막 남은 오러 마스터를 처치한 것은 다름 아닌 루스웰 백작이었다.

Chapter 06
결심

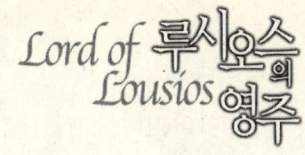
Lord of Lousios 루시오스의 영주

루스웰 백작은 굳어진 얼굴로 카이저를 응시했다.

여관에 있었기 때문에 루스웰 백작은 암살자들의 존재를 알아차리지 못했다.

하필이면 여관이 외곽에 있었기 때문에 더욱 그랬다.

루시오스 남작과 오러 마스터들끼리 충돌했을 때까지도 그 사실을 알아차리지 못하다가 루시오스 남작이 오러 마스터 최상급의 경지에 올라 남은 마나를 짜내 최후의 일격을 날렸을 때야 그 사실을 알아차렸다.

그리고 서둘러서 달려왔으나 도망치는 상대 하나를 잡았

을 뿐이다.

"아, 아버지!"

카이저는 간절하게 루시오스 남작을 불렀다.

깨진 머리와 뚫린 목에서 흘러나온 피로 인해 루시오스 남작은 얼굴을 알아보기 힘들 정도로 처참한 몰골로 숨을 거둔 상태였다.

"아아아……."

카이저는 루시오스 남작의 죽음을 받아들일 수밖에 없었다.

어머니인 샤를리아 남작부인도 아버지인 루시오스 남작도 모두 죽었다.

"안 돼! 안 돼!"

그동안 카이저에게 있어서 부모는 그저 새로운 삶에서 전생의 힘을 되찾으려는 것에 방해가 되는 인물들이었을 뿐이다.

그러나 그래도 카이저는 최소한 그들이 부모라는 자각은 있었다.

그렇기에 적어도 이런 식으로 죽는 것은 바라지 않았다.

"일어나요! 일어나라고요!"

왜일까?

왜 자신은 그저 이들을 귀찮다고만 여겼던 것일까?

루시오스 남작은 분명 마지막 그 오러 마스터의 일격을 피해낼 수 있었으나 그러지 않고 달려들었다.

그 때문에 팔을 잃는 대신에 기사들과 병사들이 올 시간을 벌 수 있었다.

게다가 오러 마스터가 루시오스 남작을 떨쳐내지 못했다면 카이저가 마지막 남은 그 오러 마스터를 쓰러트릴 수도 있었을 것이다.

그 행동은 루시오스 남작 자신을 더 큰 위험에 빠뜨리는 것이었지만 그 대신에 아들인 카이저가 살 수 있는 확률을 높여주는 것이기도 했다.

그때 깨달았다.

카이저가 그를 어떻게 여겼건 간에 그는 카이저의 아버지였으며 그를 아들로서 사랑하고 있었다는 것을.

루스웰 백작의 말이 맞았다.

그런데 자신은 그런 그의 마음에 보답하지 못했다.

오히려 언제 자신을 의심하고 괴물로 여기지 않을까 그 진심을 부정하였다.

"아아아악!"

카이저는 괴성을 내질렀다.

잊고 지냈던 깊은 기억이 떠올랐다.

페네스 하임이 어렸을 때 죽어버린 그의 아버지.

이번에도 겨우 열 살밖에 되지 않았는데 아버지를 잃었다.

전생에서는 어린 마음에 마냥 원망만 한 아버지였으나 지금의 카이저는 도저히 그럴 수가 없었다.

이미 죽어버린 샤를리아 부인이 혼자 고생하다 끝내 숨을 거둔 자신의 어머니와 겹쳐 보였다.

적어도 이들은 자신 때문에, 부모를 의심하거나 한 멍청하고 어리석은 아들을 위해서 죽지는 말았어야 하는 자들이다.

"내가, 내가 잘못했어요! 그러니까 제발!"

카이저가 기사단의 숙소가 아니라 이곳에 먼저 왔다면 어땠을까?

사실 그 부분은 자신할 수 없었다.

이곳에는 네 명의 오러 마스터가 있었고, 그때 카이저가 왔다면 오히려 그들에게 당해서 목숨을 잃었을 가능성이 매우 높다.

하지만 어쩌면 만에 하나라도 부모님을 구할 수 있었을지도 모른다.

"제발 뭐라고 말 좀 해봐요!"

오열하는 카이저를 보며 루스웰 백작은 고개를 설레설레 저었다.

카이저 루시오스.

결국에는 그도 누군가의 자식에 불과하다는 루스웰 백작

의 생각은 전혀 틀리지 않았다.

"이미 죽었다."

"……"

루시오스 남작의 시체를 안고 오열하는 카이저를 향해 루스웰 백작은 잔인한 현실을 알려주었다.

아무리 울고 불며 매달려도 소용없다는 건 카이저도 잘 알고 있을 것이다.

루스웰 백작이 본 카이저는 결코 어리석지 않았으니 지금 자신의 행동이 아무런 의미도 없다는 것도 잘 알 것이다.

그럼에도 저런 행동을 보이는 것은 단지 어린아이의 고집에 불과하다.

"그보다는 앞으로의 일에 대해서 생각해 보는 게 좋을 거다."

베네시아 국왕이 보낸 암살자들이 한 명의 생존자도 없이 모두 목숨을 잃었다.

그 대가로 루시오스 남작과 많은 기사가 죽었지만, 국왕이 이 일을 그냥 넘어갈 리 없었다.

분명히 자세한 진상을 조사하기 위해서 병력을 더 보낼 것이고, 그러다가 카이저에 대해서 알려지게 되면 그를 노릴 것은 당연했다.

"내 말을 듣고 있는 것이냐?"

돌아오는 대답도 없고 카이저가 어떠한 반응도 보이지 않자 루스웰 백작이 안쓰러운 얼굴로 카이저를 불렀다.

아무리 정신적인 충격이 크다고 해도 이대로 무너져 버린다면 그때는 정말로 끝이다.

"제가… 하는… 죠?"

"음?"

카이저가 입을 열고 무어라 중얼거렸다.

하지만 그 목소리가 작아서 잘 들리지 않았다.

"지금 뭐라고 했지?"

루스웰 백작이 다시 묻자 카이저는 루시오스 남작의 시신을 내려놓았다.

옆에는 기사들이 수습한 어머니 샤를리아 남작부인의 시신이 나란히 놓여 있었다.

"제가 원하는 것 한 가지를 들어주신다고 했죠?"

카이저가 고개를 들어 올리자 루스웰 백작은 한순간 흠칫했다.

이전에도 카이저가 보여준 적이 있는 그러한 눈빛이다.

"그렇다고 국왕을 죽여 달라는 부탁을 들어줄 수는 없다. 나 혼자서 죽일 수 있는 자가 아니야."

"그런 소리는 하지 않습니다. 국왕에 대한 복수는 제 손으로 이루어야 하니까요."

카이저는 딱딱하고 차가운 목소리로 답했다.

"루스웰 백작, 아니, 루스웰 백작 각하."

기사와 병사들이 지켜보는 가운데 카이저가 몸을 돌려 루스웰 백작을 향해 무릎을 꿇었다.

이에 모두가 깜짝 놀라 두 눈을 크게 떴다.

"이게 무슨 짓이냐?"

"부탁드립니다. 제발 제 부탁을 들어주십시오."

"…어떻게 말이냐?"

주먹을 움켜쥐고 그것으로도 모자라 분노에 치를 떨며 카이저가 입을 열었다.

"국왕의, 베네시아 국왕의 사람이 되어주십시오."

"뭐라고?"

카이저의 부탁에 루스웰 백작은 눈을 가늘게 떴다.

베네시아 국왕의 사람이 되라니?

"어떤 방법을 써서라도 베네시아 국왕의 신뢰를 얻으십시오! 그의 옆에서 그의 모든 것을 하나씩 파악하십시오. 그리고 언젠가 제가 그를 직접 이 두 손으로 죽이려고 할 때, 그를 파멸로 몰아넣어 주십시오."

독기가 서린 카이저의 눈동자에 루스웰 백작은 물론 루시오스 남작가의 기사와 병사들 모두 헛숨을 삼켰다.

부모가 죽어버린 이 상황에서 저렇게 분노를 다스리지 못해 몸을 떨고 있으면서도 카이저는 냉정하게 지금의 상황을 파악하고 있었다.

"이번 일에 대한 책임도 져주십시오. 루스웰 백작 각하께서 우연히 저희 저택에 머물렀다가 침입한 암살자들을 처치한 걸로 해주십시오. 그렇게 한다면 베네시아 국왕은 더 이상 루시오스 남작가에 신경 쓰지 않을 것입니다."

"그럼 베네시아 국왕이 나를 가만두지 않을 것이다. 그런데 어떻게 그의 신뢰를 얻겠느냐?"

루스웰 백작의 물음에 카이저는 이를 악물었다.

"가능합니다. 그깟 오러 마스터들의 죽음 따위는 눈감아줄 정도로 루스웰 백작 각하께서 베네시아 국왕이 탐낼 만한 인물이 되면 됩니다!"

루스웰 백작은 카이저의 말이 의미하는 것이 무엇인지 알아차렸다.

그랜드 소드 마스터.

현재 베네시아 왕국에는 단 한 명도 존재하지 않는 그 경지에 오른다면 확실히 베네시아 국왕도 루스웰 백작에게 관심을 가지고 자신의 곁에 두고 싶어 할 것이다.

대륙에 있는 열 개도 넘는 국가 중에 그랜드 소드 마스터를 보유하고 있는 곳은 고작 제국과 서부에 있는 한 왕국뿐이다.

"나보고 국왕을 위해서 일하라는 것이냐?"

"20년, 아니, 10년 안에 제가 직접 그를 처단할 겁니다!"

"내가 거절한다면 어떻게 하겠느냐?"

루스웰 백작의 물음에 카이저는 말없이 루스웰 백작을 노려보았다.

그 시선에 어떤 뜻이 담겨져 있는지 잠시 이해하지 못한 루스웰 백작은 이내 표정이 굳어졌다.

카이저가 악물고 있는 입술 사이로 붉은 피가 주르륵 흘러내렸다.

"루스웰 백작 각하께서 저에게 했던 약속이 거짓이 아니라면 절대 그러실 수 없을 것입니다. 그건 스스로 검을 꺾는 것과 같은 일이니까요."

입에서 흘러나온 핏물을 튀기며 카이저가 답했다.

"……!"

루스웰 백작은 심각한 얼굴로 카이저의 눈동자를 보았다.

강한 분노와 원망, 집념과 살의, 그리고 그 모든 것을 눌러버리는 압도적인 목표 의식.

그랜드 소드 마스터의 경지를 원했던 자신이라고 할지라도 저렇게 독한 눈빛을 가진 적이 있었는지 의문이 들 정도이다.

"10년, 10년이면 충분합니다. 그사이에 반드시 거기까지 올라갈 것입니다."

소드 마스터의 경지를 말하는 것이 아니었다.

지금 카이저는 10년이라는 시간 안에 루스웰 백작이 꿈꾸는 경지, 그랜드 소드 마스터에 도달하겠다고 말하고 있었다.

그것이 가능할 리가 없다.

지금 열 살인 카이저인데 10년 뒤라면 고작 스무 살이다.

그 나이에는 그랜드 소드 마스터는 고사하고 소드 마스터의 경지에 오른 인물조차 없는 걸로 알고 있다.

하지만 루스웰 백작은 카이저에게 기대를 걸었다.

"도와주겠다."

"…정말입니까?"

"그 대신 나도 조건이 있다."

그랜드 소드 마스터가 무적은 아니다.

아무리 그랜드 소드 마스터라고 해도 100만 명의 병사를 상대할 수는 없다.

그런 상황에서 언제 국왕에게 들키고 역적이 되어 자신은 물론 가족과 가문이 사라져 버릴지도 모른다.

그러한 위험부담을 단지 그랜드 소드 마스터의 경지에 오를 단서를 줬다는 것만으로 떠안을 수는 없었다.

"이후 내가 하는 한 가지 부탁을 네가 무조건 따르겠다는 조건이라면 수락하마."

"따르겠습니다."

카이저는 망설이지 않고 대답했다.

이에 루스웰 백작은 고개를 끄덕였다.

"그럼 네가 구상하고 있는 복수가 어떤 것인지 말해다오."

*　　*　　*

"루시오스 남작을 처치하기 위해 보낸 오러 마스터들과 암살자들로부터 연락이 끊겼다고?"

데오닉 공작은 자신에게 올라온 보고에 황당한 기분이 들었다.

설마 루시오스 남작가에서 30여 명의 익스퍼트 급 암살자들과 네 명의 오러 마스터를 막아낼 전력이 있었다는 말인가?

아니, 그럴 리가 없다.

설령 루시오스 남작이 오러 마스터 최상급의 경지에 올랐다고 해도 최소한 도망을 칠 수는 있었을 것이다.

한 명의 생존자도 없다는 것은 도저히 이해할 수 없는 일이었다.

"그렇습니다."

"그게 말이 되는 소리냐!"

"저도 그것이 이상해 자세한 상황을 알아보기 위해 사람을 보냈습니다. 그런데……."

보고를 올리던 귀족이 뒷말을 흐렸다.

데오닉 공작의 계획에는 전혀 예상하지 못한 한 가지의 변수가 있었다. 그 변수로 인해서 그의 계획은 물거품이 되어버리고 말았다.

"루시오스 남작령에 루스웰 백작이 있었습니다."

"뭐, 뭐라고?"

루스웰 백작이라는 이름에 데오닉 공작의 표정이 처참하게 일그러졌다.

루스웰 백작.

베네시아 왕국에 이제는 네 명밖에 남지 않은 소드 마스터 중의 하나이자 현재 베네시아 왕국 최고의 기사.

하지만 루스웰 백작과 데오닉 공작의 관계는 철천지원수나 마찬가지였다.

가문 간의 분쟁이 있었던 것은 아니다.

그러나 데오닉 공작은 전형적인 문관 귀족이었고 루스웰 백작은 무관이었던 만큼 군사 정비나 전쟁과 관련해서 서로 다른 입장으로 치열한 다툼이 있었다. 루스웰 백작가의 기사와 데오닉 공작가의 기사가 시비가 붙어 결투를 벌인 적도 있었다.

거기서 데오닉 공작가의 명예를 걸고 나갔던 기사가 루스웰 백작가의 기사에게 처참하게 패배했고, 당시 데오닉 공작가는 일개 백작가의 기사에게 졌다며 망신을 당했다.

그런데 그런 그가 이번에는 자신의 가문의 실질적인 무력이나 다름없는 네 명의 오러 마스터를 해치운 것이다.

"루스웰 백작이 그랜드 소드 마스터의 경지에 오르고 싶어 하는 건 잘 알려진 사실 아닙니까?"

소드 마스터의 경지에 올랐을 당시 자신의 영지가 아니라 외부에서 깨달음을 얻었던 걸로 알려져 있듯, 루스웰 백작은 성 안에 틀어박혀 수련을 하기보다는 바깥을 돌아다니며 경험을 쌓는 것을 중요하게 생각하는 인물이었다.

그런데 하필이면 당시 루스웰 백작의 행선지가 왕국 서부에 있는 산맥이었고, 확인 결과 우연히 루시오스 남작령으로 향하게 된 것이다.

"그리고 그때 암살 작업에 들어갔다가 루스웰 백작의 손에 네 명의 오러 마스터가 사살된 것으로 추측됩니다."

데오닉 공작은 할 말을 잃었다.

자신이 보낸 네 명의 오러 마스터는 데오닉 공작가의 기사단을 이끄는 단장들로 없어서는 안 될 중요한 자들이었다.

그런데 그들 전부를 우연히 지나가던 루스웰 백작 때문에 잃었다는 말인가?

"루스웰 백작, 그자가 감히 데오닉 공작가의 오러 마스터를 공격했다는 말이냐!"

성난 데오닉 공작의 외침에 보고를 올리던 귀족이 식은땀을 흘렸다.

그럴 리가 없다.

중립을 표방했던 루스웰 백작이 미쳤다고 갑자기 루시오스 남작의 편을 들어서 데오닉 공작가의 오러 마스터들을 해치웠겠는가?

데오닉 공작과의 사이가 좋지 않았다고는 하지만 아무리 그래도 정신이 제대로 틀어박혀 있다면 그런 짓을 할 리가 없다.

"아마 암살자 정도로 여기지 않았을까 추정 중입니다. 목격담에 따르면 도망치던 상대를 섬광과 함께 죽였다고 합니다. 즉, 오러 마스터라는 걸 알지도 못한 채 일격에 죽여 버렸다는 의미입니다."

카이저가 의도적으로 내용을 바꾼 사실이지만 그 정보를 그대로 입수한 귀족으로서는 그것을 진실이라고 믿을 수밖에 없었다.

"하지만 성과가 없는 것도 아닙니다. 루시오스 남작과 그 부인은 확실히 죽였습니다. 또한 루시오스 남작가의 피해를 조사해 봤을 때 기사단도 사실상 전멸입니다. 기사단장도 목숨을 잃었고 기사단을 보충할 수련 기사도 몇 명밖에 남지 않았습니다."

"그러면 뭐하느냐! 우리 가문의 오러 마스터가 네 명이나 죽었다! 그들은 고작 루시오스 남작가 하나를 없애기 위해서 보내진 것이 아니다! 렉시온 후작가의 잔당들을 확실하게 끝장낼 계획이었단 말이다!"

데오닉 공작이 고래고래 소리를 내질렀다.

네 명의 오러 마스터는 데오닉 공작이 가진 최후의 보루나 마찬가지였다.

가문에 다섯뿐인 오러 마스터 네 명을 보냈는데 살아 돌아온 자가 아무도 없고 그 원인이 루스웰 백작 때문이라니 도저히 용서할 수 없었다.

"그 찢어 죽여도 시원찮을 루스웰 백작은 어디에 있느냐!"

상대가 소드 마스터라고 해도 상관없다.

루스웰 백작은 절대적인 중립만을 고집해 왔기에 렉시온 후작처럼 지지해 주는 귀족도 없고 가문의 위세 역시 데오닉 공작가에 미치지 못한다.

직접 멸망시킬 수는 없어도 정치적으로 압력을 넣는다면 가문에 심각한 피해를 끼칠 수 있을 것이다.

"국왕 전하를 만나러 수도로 온 것으로 알고 있습니다."

"그럼 그자가 왕궁에 있다는 말이냐?"

"그렇습니다."

"당장 입궁할 준비를 하라!"

베네시아 국왕에게 이 사실을 알려서 루스웰 백작가를 무너뜨려야만 한다.

그걸로 죽어간 자신의 오러 마스터들의 분을 풀 수 있을지는 모르겠지만 이대로 아무것도 안 하고 넘어갈 생각은 절대로 없었다.

*　　*　　*

왕궁으로 들어선 루스웰 백작은 베네시아 국왕과 단둘이서 대면하고 있었다.

"이야기는 들었소. 루시오스 남작가에서 참변이 있었다고……."

베네시아 국왕은 암살 사건에 대해서 전혀 모른다는 듯 참변이라는 표현을 쓰며 시치미를 뗐다.

이에 루스웰 백작은 웃음이 나왔지만 그것을 애써 참아냈다.

지금 자신은 단순히 개인적인 일로 이곳에 온 것이 아니다.

루시오스 남작이야 같은 검사로서 어느 정도 호감이 있기는 했지만 루스웰 백작은 그보다 카이저를 더 높이 평가했다.

그런 카이저가 베네시아 국왕에 대한 복수를 이루기를 원하고 있다.

루스웰 백작은 검을 갈고닦는 기사였기에 가문을 이끌 후계자도 자신처럼 어느 정도 검술에 통달한 사람이길 바랐지만, 유감스럽게도 루스웰 백작에겐 검술에 재능을 가진 아들은 고사하고 애초에 자식이 없었다.

그런데 어쩌면 대륙 제일의 재능을 가졌을지도 모르는 소년이 직접 자신에게 찾아왔다.

이런 기회를 놓칠 수는 없었다.

정치 싸움에는 관심이 없지만 그랜드 소드 마스터의 단서에 대한 보답으로 이 정도 일은 해줄 수 있었고, 굳이 강요할 생각은 없지만 가능하다면 카이저를 자신의 편에 곁에 두고 싶었다.

그것을 위해서라도 지금 이 자리에서 카이저가 원하는 것을 반드시 이루어주어야만 했다.

"안타까운 일이었습니다."

"그러게 말이오. 암살자들을 전부 잡았다고는 들었지만 생포한 자가 없어서 배후는 알지 못한다고 하던데……."

베네시아 국왕의 입에서 꽤나 민감한 문제가 튀어나왔다.

이에 루스웰 백작은 눈썹을 꿈틀거리며 베네시아 국왕 앞으로 한 발짝 다가섰다.

"국왕 전하, 그것과 관련해서 긴히 드리고 싶은 말씀이 있습니다."

"말해보시오."

베네시아 국왕의 두 눈동자에 스산한 살기가 스쳐 지나갔다.

루스웰 백작은 어차피 자신의 사람이 될 가능성이 높지 않았다.

그나마 소드 마스터라는 강력한 전력이기에 손대지 않고 있지만 이번 일과 관련해서 자신에게 반기를 든다면 확실하게 처리해야만 했다.

"이번에 암살자들을 상대하는 과정에서 우연히 그랜드 소드 마스터의 단서를 잡을 수 있었습니다."

그랜드 소드 마스터의 단서.

이는 소드 마스터 최상급인 루스웰 백작이 그 벽을 넘어서서 대륙에서도 몇 안 되는 그랜드 소드 마스터의 경지에 오를 수 있을지도 모른다는 이야기이다.

아니, 암살자들을 상대하고 수도로 오기까지 상당한 시일이 소모되었으니 그 사이에 이미 그랜드 소드 마스터가 되었을지도 모르는 일이다.

"그게 정말이오?"

"어찌 국왕 전하께 거짓을 고하겠습니까?"

루스웰 백작이 은근한 미소를 지으며 대답하자 베네시아 국왕은 크게 기뻐하였다.

비록 눈앞에 있는 루스웰 백작이 자신을 따르는 인물은 아니나 자국에 그랜드 소드 마스터를 보유한다는 것만으로도 대륙에 미치는 영향력이 판이하게 달라진다.

당장 그랜드 소드 마스터를 보유했다는 이유만으로 제국은 국교에서 큰 이익을 보고 있었고 마찬가지로 그랜드 소드 마스터를 보유한 대륙 서부의 한 왕국 역시 서부 전체를 쥐락펴락하고 있었다.

"하면 지금의 경지는 어떻소? 혹시……."

단순히 단서를 잡은 것에 그치지 않고 이미 그랜드 소드 마스터의 경지에 올랐다면 베네시아 국왕은 루스웰 백작을 자신의 편으로 끌어들일 계획이다.

이전 렉시온 후작을 상대할 때는 굳이 소드 마스터라는 부담을 더 끌어안아 그들에게 나눠 주는 몫이 늘어날까 걱정했지만 그랜드 소드 마스터라면 이야기가 달라진다.

루스웰 백작만 곁에 두어도 이웃 왕국들은 베네시아 왕국의 눈치를 살펴야만 하고 렉시온 후작을 정리하고 난 이후 부담으로 다가오는 측근들의 세력 역시 축소할 수 있었다.

사실 베네시아 국왕은 두 소드 마스터와 데오닉 공작 때문에 큰 불안감을 가지고 있었다.

그들은 자신의 왕권을 지켜주는 힘이었지만 그들 개개인이 보유한 힘이 무척이나 커서 베네시아 국왕은 남몰래 그들을 신경 써야만 했다.

베네시아 왕국에 있는 오러 마스터 중에서 베네시아 국왕에게 직접적인 충성을 내보이고 있는 자들은 고작 세 명인데 데오닉 공작은 여섯 명의 오러 마스터들을 보유하고 있었다.

그중 한 명이 렉시온 후작가의 암수에 목숨을 잃었고 다른 네 명도 이번 일로 숨을 거둬 그 세력이 줄기는 했지만 여전히 데오닉 공작은 베네시아 국왕의 직할령에 맞먹는 영지를 지니고 있었다. 다른 두 소드 마스터도 적지 않은 숫자의 오러 마스터를 휘하에 두고 있었다.

그들을 상대할 새로운 패로 눈앞에 있는 루스웰 백작만큼 적합한 인물을 찾기도 어려웠다.

그랜드 소드 마스터의 경지라면 모든 검사가 존경하는 위치다.

그렇기에 제국의 황제나 서부 왕국의 국왕 역시 자국의 그랜드 소드 마스터의 눈치를 살필 수밖에 없지만 루스웰 백작은 권력에 아무런 욕심이 없는 인물이다.

그것은 그가 지금 백작의 자리에 머물러 있는 것만으로도 충분히 증명이 되었다.

"저쪽을 보아주시겠습니까?"

루스웰 백작이 한쪽에 걸려 있는 장식용 검을 가리켰다.

베네시아 국왕과 직접 대면해야 하는 상황이었기에 검을

압수한 것은 물론 몸수색까지 철저하게 걸친 루스웰 백작이다.

그렇지만 벽에 장식되어 있는 저 검으로도 충분히 자신의 경지를 증명할 수 있다.

스르릉!

맑은 소리와 함께 벽에 걸려 있던 장식용 검이 저절로 뽑혀 나오자 베네시아 국왕은 통쾌한 미소를 지었다.

틀림없었다.

그랜드 소드 마스터의 경지에 오른 자만이 사용할 수 있다는 이기이검, 검사의 의지를 담아 검을 움직이게 하는 기술이다.

직접 그랜드 소드 마스터의 경지에 오른 루스웰 백작의 입장에서는 그것과는 다르다는 걸 알게 되었지만 남들이 보기에는 그랜드 소드 마스터의 의지에 따라 움직이는 것처럼 보일 것이다.

사실 완전히 틀린 것도 아니다.

어쨌든 그랜드 소드 마스터가 움직이겠다는 생각이 없으면 떠오르지 않으니까 말이다.

다만 의지나 마나만으로 움직일 수 없는 무언가가 또 있었지만 말이다.

"정말로 자랑스럽소, 루스웰 백작!"

베네시아 왕국의 역사에 그랜드 소드 마스터가 없었던 것은 아니다.

베네시아 왕국은 건국 300년이 넘은 국가이고, 그 시간 동안 두 명의 그랜드 소드 마스터를 배출했다.

다만 그들이 숨을 거두고 나서 150년 동안 새로운 그랜드 소드 마스터가 탄생하지 않았는데 지금 눈앞에 새로운 그랜드 소드 마스터가 나타난 것이다.

"오러 마스터였던 루시오스 남작의 죽음은 슬픈 일이지만 루스웰 백작이 그랜드 소드 마스터가 된 것은 매우 축하할 일이오. 마침 이렇게 왔으니 크게 연회를 여는 것이 어떻겠소?"

루시오스 남작의 죽음을 묻어 버리려는 베네시아 국왕의 모습에 루스웰 백작은 씁쓸한 기분이 들었다.

루시오스 남작은 이런 국왕에게 당해 버렸다는 말인가?

그리고 그 아들인 카이저는 고작 이런 국왕에게 복수를 하려고 한다는 말인가?

'앞에 있는 베네시아 국왕만이 목표는 아니지만.'

카이저의 복수라면 암살자들을 보낸 인물과 그 일가는 물론이고 범위를 넓게 본다면 지금 국왕을 따르는 귀족 대부분이 그 목표가 될 것이다.

피는 피로밖에 갚지 못하는 것이다.

루스웰 백작이 권력에 관심이 없는 이유도 바로 이런 모습

때문이었다.

"국왕 전하께서 허가해 주신다면……."

"어찌 내가 반대할 거라고 여기는 것이오? 훌륭한 기사의 탄생은 국왕으로서 축하해 주어야 할 일이오."

"그렇다면 감사한 마음으로 즐기겠습니다."

루스웰 백작은 의도적으로 루시오스 남작의 문제를 따로 거론하지 않았다.

그렇게 해야 베네시아 국왕이 자신을 경계하는 태도를 누그러뜨릴 것이고, 그래야만 베네시아 국왕의 곁으로 좀 더 다가갈 수 있었다.

"국왕 전하, 데오닉 공작 각하께서 오셨습니다."

"데오닉 공작이?"

베네시아 국왕이 눈을 가늘게 떴다.

데오닉 공작이 굳이 자신에게 미리 연락도 취하지 않고 왔다는 것은 그만큼 급한 용무가 있다는 의미이다. 한데 지금 생각나는 급한 용무는 바로 눈앞에 있는 루스웰 백작과 그에 의해서 목숨을 잃은 오러 마스터들에 대한 것일 터다.

루스웰 백작의 입장에서야 암살자들을 해치운 당연한 일이었지만 데오닉 공작의 입장에서는 가문의 오러 마스터들이 죽어버린 일이니 그 분노가 결코 작지 않을 것이다.

"루스웰 백작."

"예, 국왕 전하."

"사흘 후에 큰 연회를 열 테니 그때 뵙도록 하겠소. 오늘은 이만 물러가 주시오."

"알겠습니다."

루스웰 백작은 군말 없이 몸을 돌렸다.

문이 좌우로 열리자 문밖에 서 있던 데오닉 공작은 안에서 나오는 루스웰 백작의 모습에 두 눈을 부릅떴다.

"오랜만이군, 루스웰 백작."

"오랜만입니다, 데오닉 공작 각하."

살벌한 시선을 담아 자신을 노려보는 데오닉 공작의 모습에 루스웰 백작은 의문을 가졌다.

평소에도 사이가 좋은 편은 아니었지만 지금 데오닉 공작은 지나칠 정도로 적대감을 내보이고 있었다.

그러나 곧 루스웰 백작은 그 이유를 알아차리고 피식 웃었다.

베네시아 국왕의 밑에 있는 오러 마스터의 숫자는 겨우 세 명인데 루시오스 남작가에 침입한 오러 마스터의 숫자는 네 명이다.

두 소드 마스터인 루턴 후작과 네테스 후작이 자신들 가문의 오러 마스터들을 군이 위험한 임무에 보냈을 리 없으니 루시오스 남작가를 침입한 오러 마스터들의 정체는 분명 데오닉 공작가의 기사단장들일 것이다.

모르고 행했던 일이지만 데오닉 공작에게 한 방 먹였다는 사실에 루스웰 백작은 쾌재를 부렸다.

"국왕 전하가 기다리시니 어서 들어가 보시지요."

루스웰 백작은 고개를 꾸벅 숙이고 데오닉 공작을 지나쳤다.

데오닉 공작은 그런 루스웰 백작의 뒤통수를 살기가 번뜩이는 눈으로 노려보다가 베네시아 국왕을 향해 고개를 돌렸다.

"들어오게, 데오닉 공작."

"예, 전하."

데오닉 공작은 성큼성큼 걸어 베네시아 국왕의 앞으로 가 허리를 숙였다.

"이렇게 갑자기 찾아와 무례를 범한 점, 사죄드리겠습니다."

"아니, 됐네. 그보다 나를 찾아온 이유가 조금 전 나간 루스웰 백작 때문인가?"

"그렇습니다, 국왕 전하. 루스웰 백작을 결코 내버려 둬서는 안 됩니다. 그의 손에 국왕 전하께 충성하던 네 명의 오러 마스터가 죽었습니다! 어찌 이 일을 그냥 넘어갈 수 있겠습니까?"

자신에게 충성하던 오러 마스터라는 데오닉 공작의 표현이 베네시아 국왕의 입장에서는 어이가 없었다.

그들이 데오닉 공작과 자신 중 누구를 더 따랐는지를 모를 베네시아 국왕이 아니다.

애초에 그들은 측근의 기사 정도로만 인식되어 있었기에 베네시아 국왕은 한 번도 그들이 자신을 따르는 기사라고 여긴 적이 없다.

그런데 그들의 군주인 데오닉 공작이 그들을 자신의 기사로 이야기하고 있다.

'데오닉 공작이 지닌 세력은 결코 작지 않다. 거기에 루턴 후작과 네테스 후작의 세력까지 견제하기 위해서는 루스웰 백작의 존재가 반드시 필요하지.'

비록 이번 일로 오러 마스터들을 잃은 데오닉 공작이었지만 그럼에도 그의 세력은 결코 작지 않았다.

국왕인 자신의 직할령에 맞먹는 크기의 방대한 영토와 수백의 기사단, 수만의 병사가 있었다.

거기에 루턴 후작과 네테스 후작에게도 숫자는 데오닉 공작에 미치지 못해도 질은 결코 떨어지지 않는 병력이 있었다.

국왕으로서 어떻게든 이들의 세력을 누르기 위해선 그랜드 소드 마스터인 루스웰 백작의 존재는 중요했다.

자신이 특별한 무언가를 해주지 않아도 루스웰 백작만 곁에 둔다면 데오닉 공작과 두 소드 마스터도 섣부른 행동은 하지 못할 것이다. 또한 루스웰 백작을 중심으로 한 세력이 구성되었을 때 그 세력을 이용해서 이들의 세력을 눌러 버릴 수도 있었다.

아니, 오히려 두 소드 마스터의 경우 검사의 입장에서 자신들보다 높은 경지에 오른 루스웰 백작을 존경하고 따를지도 모를 일이다.

그러면 베네시아 국왕의 입장에서는 오히려 더 위험해질 수도 있겠지만 루스웰 백작의 성격으로 보았을 때 위험한 행동은 벌이지 않을 것이다.

게다가 정 루스웰 백작의 세력이 불안해지면 루스웰 백작 가문과의 혼인을 통해 절대 배신할 수 없게 만드는 것도 한 방법이었다.

루스웰 백작에게 자식은 없지만 친척 중에 조카가 꽤 많다는 이야기를 들은 적이 있다.

"데오닉 공작, 공작의 심정을 이해하지 못하는 바는 아니나 루스웰 백작을 건드릴 수는 없네. 그의 입장에서는 모르고 한 행동인데다가 무엇보다 그는 렉시온 후작과 같은 소드 마스터이네. 렉시온 후작가의 잔당 중 겨우 루시오스 남작만 제거된 지금 우리가 소드 마스터인 루스웰 백작을 적대한다면 렉시온 후작가의 잔당들이 그에게 붙을 염려가 있네."

굳이 암살을 통해서 렉시온 후작의 잔당을 정리하려고 했던 이유가 무엇이던가?

어떻게든 피해를 줄이기 위해서였다.

왕국의 서부 산맥을 지키는 그들이 무너지면 다른 왕국과 영역 분쟁이 발생할 소지도 있었고 군대를 통해서 제압하려고 들 경우 그들이 연합해 내전을 일으킬지도 모를 일이다.

그것만은 절대로 피해야만 하는 입장이었기에 렉시온 후작도 천천히 압박해 스스로 포기하게 만들지 않았던가?

"하지만……."

"지금은 기다리게."

베네시아 국왕의 완강한 태도에 데오닉 공작은 불만이 많은 듯 보였으나 일단 국왕을 따르는 귀족으로서 뒤로 물러날 수밖에 없었다.

"그럼 국왕 전하만 믿겠습니다. 반드시 루스웰 백작에게 이번 일에 대한 책임을 지게 해주십시오."

"알겠네."

데오닉 공작이 물러가자 베네시아 국왕의 눈빛이 사납게 일그러졌다.

멋대로 찾아오는 행동도 그렇고 아무리 공작이자 자신의 최측근이라지만 루스웰 백작이라는 패가 들어온 지금 데오닉 공작의 행동은 아무리 봐도 무례하게 비쳐졌다.

이는 국왕으로서 왕권이 휘하의 귀족들에게 의존해서 유지되고 있는 자신을 얕보는 것이 아니겠는가?

"명색이 그랜드 소드 마스터인데 백작의 위치는 너무하지."

가문과의 혼인을 추진하기 위해서라도 축의금의 의미로 더 큰 무언가를 루스웰 백작에게 줄 필요가 있었다.

게다가 두 소드 마스터도 후작의 자리를 주었는데 그랜드 소드 마스터가 백작이어서야 되겠는가?

"렉시온 후작의 빈자리는 루스웰 백작이 맡으면 되겠군."

수도를 중심으로 해서 국왕의 힘을 지키는 역할, 렉시온 후작을 몰아낸 지금 그 위치는 루스웰 백작에게 상당히 잘 어울릴 것 같았다.

그렇게 하면 중앙 귀족들의 힘을 누르고 왕권을 확고히 다질 수 있었다.

베네시아 국왕은 결정을 내렸다.

그리고 사흘 뒤,

그랜드 소드 마스터의 탄생을 축하하는 연회에서 루스웰 백작에게 후작의 작위가 하사되었다.

*　　*　　*

암살자들에 대한 것이 어느 정도 정리가 된 루시오스 남작가는 빠르게 복구에 들어갔다.

무너진 곳들을 수리하고 죽은 자들의 시신을 모두 묻어주며 장례식을 거행하였다.

"피해 상황은?"

파손된 침실을 복구하는 모습을 지켜보던 카이저는 옆에 있는 기사에게 물었다.

이에 기사는 서둘러 보고서를 꺼내 읽었다.

"기사 서른다섯 명 중에 스물네 명이 전사하고 네 명이 중상을 입었습니다. 또한 병사들도 서른여덟 명이 전사하였고… 재산 피해는 2만 골드 정도로 보입니다."

네 명의 오러 마스터와 삼십여 명의 익스퍼트 급 암살자들의 급습으로 전멸을 당하지 않은 것만 해도 다행스러운 일이었지만 루시오스 남작가의 입장에서는 굉장히 뼈아픈 피해였다.

그리고 그중에는 아버지이자 영주인 루시오스 남작과 어머니 샤를리아 남작부인이 껴 있다.

"정보의 은폐는?"

"생존자가 없어 쉽게 처리했습니다."

카이저는 루스웰 백작과 암살자들에 대한 내용에 대해서

약간의 정보를 조작했다.

카이저와 루시오스 남작이 해치운 오러 마스터들을 죽인 것이 루스웰 백작으로 바뀌었고, 여관에서 머물던 것이 아니라 루시오스 남작가에서 머물던 것으로 서류도 조작했다.

어차피 제아무리 베네시아 국왕이라고 해도 남작가의 문서를 몰래 조사할 수는 없었다.

영주가 암살자로 인해서 목숨을 잃은 지금 남작가는 외부에서 오는 사람들을 일체 받지 않으며 경계를 삼엄히 하고 있었기 때문이다.

이미 영주까지 암살된 마당에 뒤늦은 조치로 보였지만 적어도 국왕이 더 이상 손댈 수는 없는 상태였다.

"나는 영주이셨던 아버지의 유일한 혈족으로서 지금 이 순간부터 영주의 권한을 위임 받는다. 여기에 불만 있는 자가 있는가?"

카이저의 물음에 뒤에서 도열하고 있던 기사들이 일제히 답했다.

"없습니다!"

카이저는 천재였다.

대륙에서도 그 전례를 찾아보기 힘든 진정한 검의 천재.

더구나 암살자들이 침입했을 때 전멸 위기의 기사들을 구하고 오러 마스터도 둘이나 처치하였다.

게다가 부모가 죽은 와중에도 어느새 냉정을 되찾아 빠르게 피해 상황을 확인하고 수습하는 모습은 정말로 열 살의 어린아이가 맞는지 의문이 들 정도였다.

"그럼 우선 복구를 서두르도록. 취임식은 저택의 복구가 끝난 이후에 하겠다."

"예!"

기사들은 힘차게 대답하고 일사불란하게 움직였다.

그런 기사들의 모습을 보며 카이저는 고민에 빠졌다.

아버지에게 충성을 보였던 기사들에게는 미안한 일이지만 저들 중에서 믿을 수 있는 인물은 그리 많지 않았다.

루스웰 백작같이 한 명을 자신의 편으로 만드는 건, 그것도 무언가를 간절히 바라는 사람의 경우라면 그가 원하는 것을 이루어주는 것으로 그의 환심을 살 수 있지만 저 기사들에게는 환심을 살 만한 마땅한 방법이 떠오르지 않았다.

물론 당장 저들의 충성심이 흔들리지는 않겠지만 카이저가 가르칠 마나 연공법과 검술에 대해서 알게 된다면 조금씩 생각이 바뀌게 될 것이다.

저들에게 있어서 카이저는 그저 전대 영주의 피를 이어받은 새로운 주군일 뿐이다.

그것도 매우 강하고 수상한 주군.

카이저 자신이라고 해도 그런 자를 모시는 것은 상당히 찝

찝한 일이 될 것이다.

일단 저들에 대해서는 나중에 생각하기로 하고 카이저는 고개를 돌렸다.

병사들이 다시 벽에 걸어놓은 렉시온 후작의 검과 루시오스 남작의 검이 보였다.

스르르릉!

맑은 소리와 함께 루시오스 남작의 검이 모습을 드러냈다.

이리저리 거미줄처럼 금이 가버린 칼날은 격렬했던 오러 마스터들과의 전투 때문이 아니었다.

루시오스 남작이 마지막에 무리하게 오러 블레이드를 뿜어냈을 때 그것을 검의 내구도가 견디지 못하고 망가진 것이다.

마음 같아서는 아버지인 루시오스 남작의 검으로 복수를 완성하고 싶었지만 지금 이 검의 상태를 보았을 때 무리하게 오러 블레이드를 주입했다가는 산산조각날 것만 같았다.

이 검은 루시오스 남작의 묘비에 세워두기로 마음먹은 카이저는 옆에 있는 렉시온 후작의 검을 뽑았다.

투척을 위해서 한 번 사용하기는 했지만 굉장히 좋은 검이었다.

다만 사용한 지 상당한 시간이 흘러 그 세월의 흔적이 고스란히 녹아들어 외견으로는 그다지 뛰어나 보이지 않았다.

카이저는 렉시온 후작의 검을 들고 허공으로 휘둘렀다.

샥!

날카로운 소리와 함께 공기가 그대로 잘려 나갔다.

날이 조금 상하기는 했지만 숫돌로 갈면 어느 정도 예전의 위용을 뽐낼 수 있을 것 같았다.

다만 카이저의 신장이 아직 작다 보니 많이 묵직하고 길어 그 부분이 조금 거슬렸다.

'몸이야 어차피 자라겠지.'

렉시온 후작의 검을 들고 카이저는 발걸음을 옮겼다.

이제 남은 것은 루시오스 남작가의 기사단 전력을 보충하는 일이었다.

Chapter 07
준비

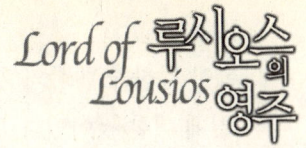

Lord of Lousios 루시오스의 영주

　루시오스 남작의 암살 사건 이후 몇 주가 지났을 무렵, 외부인의 출입을 막았던 루시오스 남작령은 다시 외부에서 오는 이들을 받아들였다.

　물론 그렇다고 해도 평소 워낙 유동 인구가 없는 루시오스 남작령이다 보니 들어오는 건 지나가던 상인과 그들을 호위하는 용병이 전부였다.

　"그 소문 들었어?"

　그중에서 한 용병 무리가 여관에 자리를 잡고 앉아 이야기를 나누고 있었다.

그들이 말하는 대화의 주제는 얼마 전에 있었던 루스웰 백작의 일에 대한 것이었다.

"우리 베네시아 왕국 역사상 세 번째 그랜드 소드 마스터가 탄생했다는 이야기."

루스웰 백작.

아니, 이제는 루스웰 후작인 그는 언제나 중립을 유지하며 검술만을 갈고닦은 전형적인 무인의 성격을 지닌 귀족이었다.

그런데 그가 얼마 전에 돌연 베네시아 국왕에 대해 전폭적인 지지를 선언하였다. 그와 동시에 그가 그랜드 소드 마스터의 경지에 올랐다는 소문이 왕국은 물론 대륙 전역으로 퍼져나가고 있었다.

전 대륙에서도 극소수만이 오른 경지이며 베네시아 왕국의 300년 넘는 역사에서도 단 둘뿐이던 그랜드 소드 마스터가 셋이 된 것이다.

베네시아 국왕은 이전 렉시온 후작가의 영토를 추가로 하사하며 루스웰 백작에게 후작의 작위를 하사하였다.

기존의 루스웰 백작의 영토에 새로운 렉시온 후작가의 영토까지 얻었으니 그 크기는 다른 후작들의 두 배에 가까웠다.

"아아, 들었지."

눈가에 흉터가 있는 용병이 고개를 끄덕였다.

그랜드 소드 마스터가 어디 흔한 존재이던가?

살면서 한 번이라도 마주치면 운이 좋은 것이고 멀리서 얼굴이라도 보기를 바라는 이들이 수두룩하다.

모든 검사가 꿈꾸는 절대적인 경지이지만 유명한 귀족가의 후계자들도 오러 마스터가 될까 말까 하니 일개 용병인 그들에게는 상상하는 것만으로도 과분한 위치였다.

"대장, 대장도 들었어요?"

용병 무리 중에서 가장 젊어 보이는 용병이 고개를 돌려 홀로 조용히 술을 기울이고 있는 자신들의 대장을 보며 물었다.

30대 중반 정도로 보이는 대장은 전형적인 용병의 모습이었다.

허리에 거대한 대검을 매달고 그렇게 유순하게 생기지 않은 외모로 쉽게 말을 걸기 힘든 분위기를 풍기던 그는 부하의 물음에 술잔을 내려놓았다.

"관심 없다. 수련이나 열심히 해라."

"대장은 이런 이야기 별로 안 좋아하나 봐요?"

젊은 용병이 의아한 얼굴로 물었다.

그랜드 소드 마스터에 대한 이야기다.

일단 자신들과는 관계없는 일이기는 하지만 그래도 검을 잡은 검사로서 그랜드 소드 마스터라는 존재에 흥미를 가지는 것 자체는 이상한 일이 아닐 텐데 자신들의 대장은 아예 관심도 보이지 않았다.

"아서라. 우리의 대장님은 그런 것에 전혀 관심이 없어."

눈가에 흉터가 있는 용병이 킬킬 웃으며 말했다.

"어차피 높은 귀족 나리들께서 무엇을 하던 우린 우리의 삶이 있는 거니까 말이야. 그래도 뭐, 우리의 삶도 나름 부유한 편에 속하지만."

그들은 베네시아 왕국에서 나름 명성을 떨치고 있는 블리자드 용병대였다.

용병대장인 하르트를 중심으로 20여 명의 용병이 모여서 만들어진 용병대로 개개인이 뛰어난 실력자들이었다.

어지간한 용병대에서는 최소 부대장을 맡을 수 있을 정도의 실력이 있어야 겨우 가입할 수 있을 정도였다.

"안 그래요, 대장?"

"왕족은 왕족, 귀족은 귀족, 평민은 평민, 농노는 농노, 그뿐이다."

하르트의 말에 용병들은 피식 웃었다.

대장 하르트는 과거 자신의 신분과 관련해 좋지 못한 일을 겪은 적이 있었다.

용병으로 나름 이름을 알리기 시작하자 보다 안정적이고 인정받는 삶을 얻기 위해 기사 작위를 얻기 위해 여러 귀족 가문을 떠돌아다녔으나 번번이 퇴짜를 맞았다. 기껏 들어가

봤자 다른 기사들과 비교하면 찬밥 신세였다.

게다가 성격이 나쁜 이들은 기사가 뭐라도 되는 양 행패를 부리고 다녔고 그 중에는 출신이 미천한 하르트를 따돌리는 자들도 많았다.

결국 기사가 되는 것을 포기한 하르트는 용병대를 구성하고는 영원히 용병으로 살기로 마음을 정했다.

"빌어먹게도 말이지."

"대장님, 많이 취하셨네."

"자자, 여기 안주 먹어요."

한창 분위기가 무르익어 갈 때, 갑자기 여관 문이 덜컥 열렸다.

여관 주인과 용병들은 무슨 일인가 싶어서 입구로 시선을 돌리자마자 그대로 얼어붙었다.

중무장한 기사들이 안으로 들어섰던 것이다.

"아이고, 기사님들이 이곳에는 어쩐 일이십니까?"

여관 주인은 당황하면서도 일단 기사들을 마중 나갔다.

하르트는 그런 여관 주인의 모습과 기사들의 모습을 주시하였다.

"이곳에 블리자드 용병대가 있다고 들었다."

"예? 아, 예. 아마 저들이 그 용병대일 겁니다. 그런데 대체 왜?"

여관 주인은 혼란스러운 얼굴로 기사들을 보다가 용병대장인 하르트에게로 시선을 돌렸다.

용병들은 전원 식사를 멈춘 채 차가운 분위기를 풍기며 기사들을 노려보았다.

용건이 무엇인지는 모르겠지만 중무장한 기사들의 모습을 보아서는 결코 호의적인 목적으로 찾아온 것 같지 않았다.

"이곳의 대장이 누구인가?"

여관 주인을 지나친 기사가 용병대 앞으로 다가와서 물었다.

잠시 대답이 나오지 않고 침묵이 이어지자 기사는 주위를 대충 훑어보았다.

그리고 하르트를 보며 말했다.

"그쪽이 대장이군. 블리자드 용병대의 대장이 거대한 대검을 쓴다는 건 이미 꽤 알려진 사실이지."

기사의 말에 하르트는 불편한 심기를 드러내며 물었다.

"나에게 무슨 볼일이지?"

"영주님께서 그대를 부르신다."

"영주?"

하르트는 잠시 고민에 잠겼다.

자신이 이곳 영주와 무슨 원수진 일이라도 있는지 진지하게 고민해 봤지만 원수는 고사하고 이 루시오스 남작령을 방문하는 것도 처음이다.

"따라오도록."

"아니, 상황 정도는 설명해 줘야 하는 거 아닙니까? 왜 말도 없이 저희 대장에게 따라오라는 겁니까?"

젊은 용병이 발끈하며 일어나자 기사는 눈을 가늘게 뜨고 그 젊은 용병을 노려보았다.

"이곳은 루시오스 남작령이다. 그런데 감히 영주님의 명령을 거역하겠다는 거냐?"

"찰스, 그만둬라."

눈가에 흉터가 있는 용병이 젊은 용병을 제지하였다.

"하지만 용건이 있으면 직접 찾아와야죠!"

"그 말도 일리가 있군."

찰스가 하르트에게 속삭인 말을 어떻게 들었는지 문밖에서 한 소년의 목소리가 들려왔다.

기사들은 서둘러서 도열해 그 소년을 맞이했다.

귀족의 복장을 하고 허리에는 키에 맞지 않는 긴 검을 차고 있는 소년의 모습에 용병들은 고개를 갸웃거렸다.

"뭐야, 저 꼬마는?"

"방금 말하지 않았나. 용건이 있으면 직접 찾아오라고."

"……."

현 루시오스 남작 카이저의 말에 찰스는 멍한 얼굴로 카이저를 보았다.

그러고 보니 이 영지의 영주가 얼마 전에 암살당해서 어린 아들이 영주의 자리에 올랐다는 이야기를 조금 전에 여관 주인으로부터 들었다.

카이저는 찰스를 지나쳐 하르트가 앉아 있는 테이블로 갔다.

대장에 대한 예의인지 아니면 그저 그의 기분이 안 좋아서 그런지는 모르겠지만 하르트는 넓은 테이블 하나를 홀로 차지하고 앉아 있었다.

카이저는 근처에 있는 의자를 하나 끌어다가 하르트의 맞은편 자리에 착석했다.

"그쪽이 블리자드 용병대의 대장인 하르트군. 이야기는 많이 들었지."

"귀족 나리께서 저처럼 미천한 것에게 무슨 볼일이십니까?"

가시가 느껴지는 하르트의 말에 카이저는 씩 웃었다.

이미 하르트에 대해서는 충분하다 못해 넘칠 정도로 조사를 해둔 상태이다.

블리자드 용병대는 페네스 하임의 시대에서는 그저 이류 용병대 정도의 대우를 받겠지만 이곳에서는 일류였다.

그런 인재를 지금의 루시오스 남작가에서 놓쳤다가는 그

손해가 이만저만이 아닌 것이다.

카이저의 미소가 어째 굉장히 불안하게 느껴진 하르트는 가만히 카이저의 대답을 기다렸다.

그리고 곧 기다렸던 대답이 나왔다.

"기사가 되어볼 생각 없나?"

"지금 뭐라고……?"

하르트는 놀란 얼굴로 카이저에게 다시 물었다.

"기사 말이야, 기사."

뜻밖의 제의에 잠시 당황하는 하르트였지만 그는 이내 침착함을 되찾았다.

잘 생각해 보니 그다지 이상한 제안도 아니었다.

카이저가 직접 온 부분만 뺀다면 루시오스 남작가는 얼마 전에 있었던 암살 사건으로 인해 전대 영주는 물론이고 남작가의 기사들도 전멸이나 다름없는 큰 피해를 입었다.

그러니 한 명이라도 기사 전력이 아쉬운 상황이니 실력 있는 용병인 자신을 회유하려고 하는 건 당연했다.

원래 새로운 귀족 가문이 들어설 때도 실력 있는 용병들로 기사단을 만드는 경우가 종종 있기도 했으니 말이다.

"죄송하지만 그 제안은 받아들일 수 없습니다. 저에게는 이끌어야 할 부대원들이 있으니까요."

"내가 알아본 바에 따르면 기사가 되고 싶어 했다던데? 용병대를 만든 이후에도 몇몇 귀족을 찾아가 본 걸로 알고 있는데?"

"그랬었죠. 하지만 지금은 아닙니다."

하르트가 거절의 의사를 밝혔음에도 카이저는 물러나지 않았다.

"유감이군. 하지만 난 그대를 꼭 나의 기사로 두었으면 하네."

"제가 루시오스 남작가의 기사가 되어야만 하는 이유라도 있다면 모르겠지만 그것이 아닌 이상 받아들일 수 없습니다."

"이유, 이유라……."

카이저는 잠시 무언가를 골똘히 생각하더니 하르트의 등에 있는 대검을 빤히 응시했다.

귀족들이 시비가 붙으면 가문의 기사를 내보내서 결투를 하듯 용병들도 시비가 붙으면 결투를 벌이고 이긴 쪽의 말에 따르는 것이 용병 세계의 수칙이었다.

거기에 적당한 미끼를 던져준다면 충분히 가능할 것 같았다.

"그럼 결투를 해서 이긴 쪽의 말을 따르는 건 어떻겠나? 용병들의 방식으로 말이야. 아, 물론 이쪽에서 아무것도 내걸지 않는다면 공평하지 못하겠지? 그대가 이긴다면 내 행동을 사과하고 그 무위를 높이 사는 뜻에서 1만 골드를 주겠네."

1만 골드라는 말에 주위에 있던 블리자드 용병대의 용병 모두와 기사들의 입이 벌어졌다.

1만 골드!

그런 엄청난 금액이 수중에 들어온다면 당장 용병 일을 그만두고 고향으로 돌아가서 저마다 하고 싶은 걸 하면서 살 수 있었다.

아무리 위험한 곳으로 호위를 해봤자 수십 골드에서 수백 골드를 버는 것이 한계인데 당장 1만 골드라니!

그러나 곧 용병들은 심각한 얼굴로 카이저를 주시했다.

바보가 아닌 이상 그렇게 큰돈을 걸고 자신이 패배할 내기를 제안하는 그런 사람이 세상 어디에 있다는 말인가?

"1만 골드라……."

하르트는 잠시 카이저의 눈을 응시했다.

그 눈동자에는 승리에 대한 강한 확신도, 자신을 꼭 기사로 만들겠다는 의욕도 없이 그저 자신을 파악하려는 하르트의 모습 그 자체를 즐거운 듯이 바라보고 있다.

쉽게 말해 생글거리며 웃고 있었다.

'속내를 파악할 수가 없군.'

무턱대고 거절하기에는 1만 골드라는 금액이 탐이 났고 수락하기에는 1만 골드라는 금액이 오히려 부담이 되었다.

"정말 결투만 하면 됩니까?"

"여기에 있는 모두가 증인이다."

"승부의 규칙은 어떻게 됩니까?"

"일대일 단판으로 결정하지. 각 대표 한 명씩을 뽑아서 먼저 항복하는 쪽이 지는 일반적인 경기지. 단, 상대의 목숨은 보장해야 하고."

카이저의 조건에 하르트는 고개를 갸웃거렸다.

루시오스 남작가는 암살 사건과 관련해서 기사단 대부분이 목숨을 잃었다고 들었다.

그렇다면 지금 루시오스 남작가에 남아 있는 기사의 실력은 잘해봐야 익스퍼트 하급 정도가 한계일 터, 상대가 될 리가 없다.

블리자드 용병대에는 익스퍼트 중급의 실력을 지닌 자가 세 명이나 있고 그보다 더 강한 부대장과 대장인 하르트가 있다.

'무슨 함정이라도 있나?'

얼핏 들으면 블리자드 용병대에게 너무나도 유리한 내용이었기에 하르트는 카이저의 말을 의심했다.

"무언가 숨기고 있는 거라도 있으십니까?"

"그렇게 보이나?"

"……"

무슨 십대 초반의 꼬마가 이렇게 능글맞은 태도를 내보이는지 하르트의 입장에서는 어이가 없었다.

"복잡하게 생각할 것 없어. 이기면 돈을 주고 지면 기사가 된다. 단지 그뿐이야. 아, 원한다면 용병대 전체에게 기사 작위를 주는 것도 긍정적으로 생각해 볼 수 있는데."

"됐습니다. 어차피 제가 이길 테니까요."

하르트가 등에 있는 대검을 뽑아 들었다.

"장소를 옮기지."

카이저가 먼저 여관을 나서고 그 뒤를 기사들이 따라 나갔다.

용병들은 그 뒤를 따라가려는 하르트를 붙들었다.

"대장, 대충 봐도 수상한 내기입니다."

"맞습니다. 저런 것에 어울려 줄 필요는 없습니다."

"아니, 한번 승부를 해보는 것도 나쁘지는 않겠지."

하르트는 두 눈을 빛냈다.

분명히 자신이 생각하는 것 이상으로 무언가 음모가 있을 것이다.

그러나 그것을 파헤치고 저 능구렁이 같은 꼬마에게 한 대 먹여주고 싶었으며 또 1만 골드라는 금액 역시 포기하기에는 꽤나 큰 금액이었다.

결정적으로 왠지 모르게 하르트는 카이저를 상대로 묘한

투쟁심을 느끼고 있었다.

마치 저 꼬마가 자신과 대등하거나 그 이상의 경지에 오른 검사라도 되는 것처럼 말이다.

'그럴 리야 없겠지만.'

저 또래의 나이라면 아무리 잘해봐야 마나 유저 정도였다.

그것도 검의 천재라고 떠벌려져도 이상하지 않을 정도의 재능을 가진 경우에 한해서 말이다.

하르트와 카이저가 넓은 공터로 나가자 두 무리의 대치가 이루어졌다.

한쪽에는 루시오스 남작가의 기사들이 모여 있고 반대쪽에는 블리자드 용병대의 용병들이 경계심이 담긴 눈빛으로 주위를 샅샅이 살피고 있었다.

혹시 공터에 함정 같은 거라도 준비하지 않았는가 말이다.

"대장님, 해치워요!"

"어차피 이렇게 된 거, 기사들의 콧대를 눌러 버리라고요!"

용병들의 응원에 하르트는 미소를 지으며 자세를 잡았다.

"그쪽에서 나올 기사는 누구지?"

하르트가 기사들의 얼굴을 살펴보며 물었다.

어떤 기사가 나올까 했는데 갑자기 카이저가 앞으로 나서고 기사들이 한 걸음씩 뒤로 물러났다.

"……."

하르트는 순간 어이가 없어서 할 말을 잃었다.

그러니까 지금 저 꼬마가 블리자드 용병대의 대장인 자신을 상대하겠다는 말인가?

"설마 직접?"

"나이가 변명의 이유가 되지는 않지. 오히려 그쪽이야말로 방심이 결투의 변명이 안 된다는 걸 기억하도록."

방심이 결투의 변명은 안 된다.

그 한마디에 하르트의 눈빛이 진지하게 바뀌었다.

확실히 아까부터 내심 카이저와 직접 한판 붙어보고 싶었으니 오히려 잘된 일이었다.

카이저에게 느끼는 묘한 투쟁심의 정체를 알아볼 수 있을 것 같았다.

"대장님이 진지하게 나오시는데?"

"그러게."

하르트의 기세에 용병들이 놀란 얼굴로 중얼거렸다.

자신들이라면 저런 꼬마가 상대라는 사실에 당황하거나 방심할 법도 하건만 지금 하르트는 몬스터들을 상대할 때보다 더 집중하고 있었다.

'좋은 자세군.'

카이저는 만족스러운 미소를 지었다.

적을 상대로 결코 방심하지 않는다.

눈으로 보이는 상대의 모습에 현혹되지 않는다.

검사로서 훌륭하고 올바른 마음가짐이다.

"아차, 까먹고 한 가지 말하지 않은 게 있군."

카이저는 깜빡한 사실을 전했다.

"이 결투의 내용은 절대 발설하지 말도록."

잠시 카이저가 깜빡한 것에 집중하던 하르트는 그 내용이 별로 신경 쓸 필요가 없다는 점에 이내 관심을 끊었다.

혹시 준비한 어떤 함정인가 했는데 아니었다.

"그럼……."

자세를 잡은 하르트가 한 걸음 앞으로 내밀더니 그대로 카이저에게 달려들었다.

거대한 대검을 들고 달려오는 하르트의 모습은 마치 어린 아이를 덮치는 거대한 몬스터를 연상시켰으나 카이저는 태연 자약한 얼굴로 그런 하르트를 바라보았나.

후웅!

바람을 가르며 거대한 대검이 카이저가 서 있던 자리로 내리꽂히자 그제야 카이저가 반응을 보였다.

아래로 내리고 있던 검을 위로 올려친 것이다.

'정면에서 힘 싸움을 하겠다고?'

하르트는 그 짧은 순간 카이저의 대응에 놀랄 수밖에 없었다.

기본적인 체구와 검의 무게, 달려오던 가속도까지 생각해 보았을 때 이 힘 싸움은 단숨에 카이저의 몸을 둘로 절단 낼지도 모르는 위험한 행동이었다.

파삭!

그러나 카이저의 검에 튕겨 빠르게 튀어 오르는 돌멩이들을 확인한 순간 하르트의 생각은 바뀌었다.

눈을 향해 올라오는 돌멩이는 맞는 순간 하르트의 힘을 빠지게 할 것이고 한쪽 시야를 잠시 동안 잃게 만들 것이다.

그 빈틈을 노린다면 카이저의 입장에서도 충분한 승산이 만들어질 수밖에 없었다.

'하지만 얕군.'

하르트는 검을 잡은 손에 더욱 힘을 주었다.

까짓것, 그래봐야 눈을 조금 못 뜨는 정도겠지만 카이저는 지금 이것으로 확실하게 전투가 불가능한 상태가 된다.

굳이 피할 필요도 없다.

'안 피해?'

카이저는 겉으로 내색하지 않은 채 속으로 크게 놀랐다.

경험 많은 용병이라면 상대가 조금만 이상한 낌새를 보여도 피하려고 하기 마련이다.

당연한 일이다.

용병들에게 가장 큰 재산은 자신의 몸인데 그 몸이 부상을 입을 상황이 오면 피하는 것이 버릇처럼 자리매김해 있다.

게다가 카이저는 고의적으로 처음부터 하르트에게 무언가를 숨기고 있을 거라는 낌새를 내보였다.

당연히 경계하고 회피하려고 할 텐데 이렇게 공격에 집중한다는 것은 의외로 머리가 좋지 않거나 아니면 충분히 감당할 수 있다고 여긴 것이다.

'뭐, 한 방 먹기는 했지만……'

카이저의 경지는 이제 익스퍼트 하급.

초급을 막 벗어난 상태이지만 이걸로 하르트를 상대로 승리하기에는 매우 어려운 상황이다.

그렇기에 함정을 파놓았다.

그러나 그 함정은 하르트가 예상한 것과는 전혀 달랐다.

위이잉!

'뭣!'

하르트의 대검과 맞붙기 직전, 카이저의 검에서 붉은 오러가 피어올랐다.

대련에서 오러 사용이 금지라는 건 암묵적인 룰이다.

그 피해가 무척이나 크기 때문이다.

게다가 대련은 어디까지나 친선이나 훈련을 목적으로 하는 것이기에 굳이 상대를 죽일 위험이 큰 오러를 사용하는 경우는 거의 없다.

'잠깐, 대련?

하르트는 그 순간 깨달았다.

카이저가 파놓은 함정이 어떤 것인지를.

이건 대련이 아니다.

어디까지나 서로의 모든 것을 건 결투다.

'빌어먹을!

서컹!

맑은 쇳소리가 울러 퍼지며 하르트의 대검이 그대로 두 동 강이 났다.

설마 열 살짜리 꼬마가 오러를 쓸 줄은 몰랐기에 완벽하게 당해 버리고 말았다.

"내가 이겼군."

결투에서 승부를 가리는 방법은 세 가지.

둘 중 하나가 죽거나 항복하거나 무기를 잃었을 때다.

반 토막 나버린 자신의 대검을 하르트는 씁쓸한 얼굴로 바 라볼 수밖에 없었다.

수백 골드나 주고 산 검인데 상대의 오러에 깔끔하게 잘려 나갔다.

뭐, 오러라는 것이 원래 그런 것이라고는 알고 있었지만.

"비, 비겁하잖아!"

"오러를 쓰다니!"

"대련 중에 오러 사용은 금지라고!"

항의하는 용병들의 모습에도 하르트는 패배를 시인할 수밖에 없었다.

"졌습니다."

"대, 대장?"

"이건 대련이 아니라 결투였다. 그리고 시합 내용은 일대일 단판 승부. 목숨 보장 이외에는 어떠한 조건도 없었지."

즉, 암묵적인 룰을 어긴다고 해도 아무 문제가 없거니와 대련이 아닌 결투로 포장된 승부였기에 그 암묵적인 룰조차 적용되지 않는다는 의미이다.

"후우."

하르트는 한숨을 내쉬고 카이저를 보았다.

설마 처음부터 수상한 낌새를 뿌린 것이 룰에 대해서 잊게 만들기 위해서였나?

물리적인 어떠한 함정이 존재할 거라고 생각하게 해서 기본적인 룰에 대한 생각을 깜빡 잊게 만들었다.

결투를 시작하기도 전에 심리전에서 완전히 말려든 것이다.

하르트가 날아온 돌멩이를 피해 물러났어도 결과는 똑같았을 것이다.

기습적으로 오러를 뿜어내서 무기를 자르려고 했으니 언

제고 다시 무기를 부딪치려고 했다면 하르트의 패배로 끝이 났을 것이다.

"자, 받게."

카이저는 품에서 1만 골드가 들어 있는 돈주머니를 꺼내 하르트에게 던졌다.

하르트는 그것을 받아 들고 영문을 모르겠다는 얼굴로 카이저를 보았다.

"이건?"

"1만 골드지."

"이걸 왜 주시는 겁니까?"

하르트가 패배했으니 1만 골드도 받지 못해야 한다.

그런데 갑자기 돈을 주다니?

"계약금이지. 블리자드 용병대 전원이 우리 가문의 기사가 된다면 그 금액을 주기로 하지."

카이저의 말에 용병 전원이 눈을 번쩍 떴다.

"일개 용병대를 기사로 고용하기 위해서 쓰는 금액치고는 꽤나 큰데 말입니다."

"하지만 그 돈은 전부 써버리는 편이 나에게 좋거든."

루시오스 남작이 렉시온 후작의 목을 베고 베네시아 국왕으로부터 하사받은 5만 골드의 상금.

카이저의 입장에서 그 금액은 아버지 루시오스 남작의 신념과 자존심이나 마찬가지였다.

그 돈은 오직 베네시아 국왕의 목을 베기 위해서만 쓰여야
하고 루시오스 남작가의 전력을 키우는 것 역시 베네시아 국
왕에게 복수하기 위해서이다.

"일단 고민해 보고 내일 저택으로 찾아오도록."

카이저가 몸을 돌리고 기사들이 뒤따라 사라졌다.

블리자드 용병대 전원은 카이저와 기사들이 사라진 방향
을 멍하니 응시하다가 하르트에게로 뛰어갔다.

"어, 얼마입니까?"

"정말 1만 골드예요?"

돈주머니의 내용물을 확인한 용병들이 일제히 소란스러워
졌으나 하르트는 돈주머니에는 관심도 가지지 않았다.

다만 카이저가 사라진 방향, 저 멀리 어렴풋이 보이는 루시
오스 남작가의 저택을 묘한 눈길로 응시할 뿐이었다.

*　　　*　　　*

다음 날 새벽, 해가 뜨자마자 하르트는 부리나케 루시오스
남작가의 저택으로 향했다.

물론 내기에서 일단 패배했으니 기사가 되어야 하는 이유
도 있었지만 그렇다고 해도 이렇게 서두를 필요는 없었다.

그럼에도 불구하고 하르트는 평소의 그답지 않게 서둘렀다.

카이저에게서는 묘한 분위기가 느껴졌다.

어린아이답지 않은 모습도 있었고 천재적인 검사로서의 면모도 엿보였다.

그러나 그것들을 능가하는 묘한 무언가가 카이저에게 존재했다.

"너무 일찍 온 건가?"

막 동이 튼 무렵부터 움직였기에 저택 앞에 도착했어도 해의 위치는 달라진 것이 있는지 알 수 없을 정도로 거의 변화가 없었다.

하르트는 잠시 자신의 옷 상태를 살폈다.

투박한 가죽 갑옷에 등에 메고 있는 대검.

조금은 무례하게 보일지도 몰라 옷을 사야 하나 고민했지만 이 이른 시간에 문을 연 가게는 어디에도 없었다.

어쩔 수 없이 하르트는 천천히 저택의 정문으로 향했고, 이내 크게 놀랐다.

저택의 정문에 카이저가 서 있었던 것이다.

"왔나?"

"왜 이곳에 계시는 겁니까?"

"내 저택의 문 앞에 서 있는 게 이상한가?"

카이저가 오히려 반문하였다.

확실히 집주인이 문 앞에 서 있는 것이 이상한 일은 아니다.

"아직 이른 새벽입니다만?"

"내가 불렀으니 나와서 마중을 하려는 것뿐이야."

"제가 지금 이 시간에 올 걸 알고 계셨습니까?"

"검사로서의 감이지."

어제 하르트와 결투를 하며 카이저는 하르트가 어떠한 사람일지에 대해서 고민했다.

페네스 하임의 검술과 마나 연공법은 지금 이 시대 검사들의 수준을 한 단계 이상 끌어올릴 무시무시한 힘을 지니고 있었다.

그것이 유출되었다가는 대륙에 큰 혼란이 올 것이고 그렇다고 자기만 쓰기에는 복수하기까지 너무나 긴 시일이 걸린다.

어쩔 수 없이 믿을 만한 자들을 선별해서 그들에게만 알려주기로 결정한 카이저는 그 첫 번째 대상으로 기사단장을 떠올렸으나 그는 이미 암살자들의 손에 숨을 거두었다.

카이저가 만약 좀 더 암살자들과 싸웠으면 구할 수 있었을지도 모르겠지만 그랬다면 루시오스 남작이 좀 더 일찍 사망하고 세 명의 오러 마스터를 놓쳤을 것이다.

기사단장이 안 된다면 다른 기사를 고르겠지만 유감스럽게도 남은 기사들은 암살자들이 침입한 저번의 일로 상당히 불안해하는 모습을 보이고 있었다.

물론 카이저를 그만큼 믿고는 있었지만 그들도 암살자들 사이에 오러 마스터가 넷이나 포함되어 있다는 걸 알고 있기에 위험한 상황이 닥치면 어떻게 태도가 돌변할지 모를 일이었다.

결국 기사단의 전력도 보강하고 페네스 하임의 검술과 마나 연공법을 전수할 대상을 고민할 수밖에 없던 카이저에게 하르트는 꽤나 흥미로운 인물이었다.

기사가 되고 싶어 하는 용병이야 흔하지만 충분한 실력과 인품을 갖춘 용병은 없다시피 했다.

하지만 검사에게는 검사만의 세계가 있는 법이다.

어제 하르트와 있었던 것은 카이저라는 소년이 아닌 페네스 하임이라는 한 명의 검사였다.

그 눈빛과 분위기의 페네스 하임이라는 인물에게 매료되었다면 묘한 투쟁심을 느끼고 분명 해가 뜨자마자 찾아온 것이다. 그런 자들은 우직하기에 믿을 수 있다는 것이 카이저의 생각이었다.

그리고 정말로 하르트는 해가 뜨자마자 찾아왔다.

"그럼 다음 이야기는 안으로 들어가서 하지."

카이저가 저택으로 들어가자 하르트는 주위에서 자신을 빤히 바라보는 병사들의 시선을 의식해 서둘러 뒤를 따랐다.

저택의 복도를 거닐며 하르트는 살짝 의아한 얼굴로 주위를 둘러보았다.

무언가 복도 전체에 묘한 위화감이 들었다.

'뭐지?'

외부와 비교하면 분명히 이상한 기분이었지만 딱히 위험하다는 느낌은 없었고 오히려 지나치게 자연스럽고 편한 기분이다.

하르트는 앞에서 말없이 걸어가고 있는 카이저를 보았다.

열 살의 영주.

일반적인 경우라면 그 능력이나 자질을 의심하겠지만 어제의 일을 떠올려 봤을 때 카이저의 자질을 의심하다는 것은 어리석은 일이었다.

지금 자신만 해도 이렇듯 찾아왔으니 그 능력은 천부적인 것이라고 할 수 있었다.

"무언가 이상한 느낌이 드는군요."

"이상한 느낌이라니, 어떤 것 말이지?"

"모르겠습니다. 분명 뭔가가……."

저택의 안쪽으로 들어갈수록 위화감이 점점 커지는 것이

느껴졌다.

그러던 도중 이 위화감의 정체를 알아차린 하르트는 멈칫
하며 제자리에 멈춰 섰다.

설마 그럴 리가 없다고 생각하지만 이 위화감의 정체에 대
해서 하르트의 몸이 답해주고 있었다.

"마나가······."

대기의 마나가 외부와 비교했을 때 더 많이 뭉쳐 있었다.

5~10% 정도의 차이겠지만 내부로 향할수록 그 농도가 진
해지고 있고, 아주 극소량이라고는 해도 의도적으로 마나를
뭉칠 수 있는 방법이 있다는 건 듣지 못했다.

그렇다고 루시오스 남작가의 저택이 마나를 모이게 할 특
별한 방법으로 만들어진 건물은 아닐 것이다.

"이쪽으로."

카이저가 안내한 장소는 접대실이었다.

"저쪽에 앉도록."

카이저는 반대편 자리를 권하고 느긋한 얼굴로 소파에 몸
을 기대었다.

문제는 카이저의 신장이었는데 열 살인 카이저가 소파에
몸을 기대자 두 다리는 땅에 닿지 않는다.

카이저의 태평한 얼굴과 그 모습이 겹쳐지니 진짜 어린아
이를 상대하고 있다는 기분이 느껴진 하르트는 괜히 머쓱해

졌다.

이런 소년에게 검사로서의 모습을, 묘한 투쟁심을 가졌던 것이 부끄럽게 느껴진 것이다.

그러나 분명 카이저의 능력은 진짜였다.

"저……."

하르트가 입을 열려고 하자 카이저가 선수를 쳤다.

"확인하도록."

눈앞에 드리워진 계약서에 하르트는 고개를 갸웃거렸다.

기사라는 것은 계약을 통해서 이루어지는 것이 아니다.

그것은 용병의 경우다.

기사들은 충성의 맹세를 하고 그 대신 군주로부터 대가를 받는 자들이 아니던가?

"기사의 충성은 한 명에게만 향해야 한다. 그런데 이미 여러 귀족에게 충성의 맹세를 했을 테니 그 맹세를 믿을 수는 없지."

카이저의 말에 하르트의 얼굴이 붉어졌다.

처음에는 아무 생각 없이 자신을 제대로 대우해 주지 않는 자들에게 불만을 가져서 나온 것이었지만 카이저에게 직접 지적을 받으니 확실히 창피한 일이었다.

기사가 군주를 버리고 나온 것이나 마찬가지였다.

"그렇다면 용병식으로 계약을 하는 편이 더 믿음직스럽

겠지."

"전 진심으로 당신에게 충성을 바치고 싶습니다."

"충성에 정해진 형태는 없어. 계약을 통해서라도 충성을 바치겠다는 마음만 있다면 상관없겠지."

하르트는 딱히 반박할 말이 떠오르지 않았다.

그렇기에 깊은 한숨을 내쉬며 계약서를 확인했다.

설마 이런 식으로 기사가 될 줄이야.

"……."

용병으로 생활하면서 여러 계약을 하다 보니 글 정도는 읽을 수 있게 된 하르트는 계약서의 내용을 확인하면서 천천히 표정이 굳어져 갔다. 카이저는 그런 하르트의 모습을 유쾌한 얼굴로 보았다.

"어떤가?"

"무슨 조건이 이렇습니까?"

어지간한 조건은 그냥 받아들이려고 했던 하르트지만 이런 조건은 도저히 받아들일 수가 없었다.

계약서에 적힌 내용 중에 기사가 해야 할 일은 세 가지.

기사는 군주에게 절대적인 충성을 바친다.

기사는 군주보다 절대로 먼저 죽지 않는다.

기사는 군주의 명령을 절대 거부하지 않는다.

이것뿐이었다.

언뜻 당연한 것처럼 보이는 내용이지만 절대라는 단어가 셋 다 들어가 있으니 조금이라도 어기면 불이익이 가해질 것이 뻔히 보이는데다가 구체적인 내용이 없어서 어디서부터 어디까지 해야 되는지 감이 잡히지 않았다.

"게다가 기간 표시도 안 되어 있잖습니까?"

하르트의 물음에 카이저는 배를 잡고 웃었다.

"푸하하! 지금 기간 표시라고 했나? 웃기는 일이군. 기사가 군주를 지키는데 언제부터 정해진 기일이 있었지?"

카이저의 말에 하르트는 멍한 표정을 지었다.

그러고 보니 원래 기사는 충성을 바치는 위치로 정해진 기간은 당연히 없었다.

하도 용병으로 오래 지내다 보니 용병으로서의 생활이 익숙해져서 이런 실수를 범하게 된 것이다.

"아, 죄송합니다."

"아니, 조금 둔해 보이지만 나쁘지 않군. 그리고 계약의 내용은 꽤나 공평하게 했을 텐데?"

군주가 기사에게 해줘야 할 일도 세 가지였다.

군주는 기사에게 절대적인 신임을 보인다.

군주는 기사에게 정해진 봉급을 하단의 날짜 안에 절대 지급한다.

군주는 기사에게 이상적이고 훌륭한 군주가 된다. (글서)

"솔직히 이런 걸 계약서라고 할 수 있습니까?"

"제대로 된 빽빽한 계약서를 원하나? 기사와 군주의 관계에 계약서가 그렇게 중요했나?"

"그런 말씀이 아니지 않습니까? 그냥 이왕 쓸 거라면 제대로 하고 아니면 아예 하지 말자는 겁니다."

하르트는 존경심을 버리고 답답하다는 얼굴로 카이저에게 자신의 생각을 전했다.

이건 열 살 소년의 장난으로밖에는 보이지 않았다.

"한 번 계약하면 되돌릴 수 없어. 신중하게 결정하게."

"전 신중합니다. 영주님이 그렇지 않아 문제지."

"나도 신중하네. 이 영지는 바로 얼마 전에 암살이 일어났어."

암살에 대한 이야기가 나오자 서명을 해야 하나 고민하던 하르트가 살며시 고개를 들어 카이저를 보았다.

그 암살 사건으로 인해서 전 루시오스 남작과 남작부인이, 카이저의 입장에서는 아버지와 어머니가 목숨을 잃었다.

웬만해서는 입 밖으로 내고 싶지 않은 이야기일 것이다.

"그렇기에 이 계약서가 중요하지. 또다시 암살자가 들어올지도 모르는데 충성스러운 기사가 없다면? 군주가 기사를 믿지 않는다면?"

끝이다.

하르트는 카이저의 물음에 대한 대답으로 그런 생각을 떠올렸다.

암살자가 한 번 들어왔다는 것은 두 번도 들어올 수 있다는 의미였고, 영주가 암살당했다는 것은 그만큼 경비가 허술하다는 뜻이었다.

마지막으로 그 영주가 오러 마스터라는 점은 영주를 암살하려고 한 자들이 그만큼 무시무시한 세력이라는 이야기였다.

하르트는 그제야 이 계약서의 무게에 대해서 실감했다.

자신은 어쩌면 오러 마스터나 그 이상의 존재가 적이 될지도 모르는 계약서에 정해진 기간도 없이 평생을 바쳐서 그들의 적이 분명한 군주에게 충성을 해야 되는 것이다.

목숨이 아깝다면 절대로 하지 못할 선택이다.

"난 안심하고 두 발 뻗고 잠들 수 있게 해주는 기사가 좋다고 생각한다."

카이저가 자신에게 바라는 기사라는 존재의 정의에 대해서 알게 된 하르트가 묵묵히 고개를 끄덕였다.

한 번도 생각해 보지 않은 모습의 기사였지만 군주를 모시는 기사로서 그 정도는 해야 한다.

무엇보다 눈앞에 있는 소년에게는 그럴 가치가 있을 것이라고 여겨졌다.

"제가 충성을 보인다면 영주님께서도 저를 신뢰하시겠습니까?"

"충성을 보이는 자를 신뢰하지 못하는 바보 같은 영주로 보인다면 계약서를 태워도 좋다. 그 계약서는 오직 한 장뿐이고 그걸 가질 사람은 그대이니까."

카이저의 대답을 들은 하르트는 망설이지 않고 잉크를 묻혀 서명했다.

이에 카이저는 만족스러운 미소를 지으며 자리에서 일어나 허리에서 검을 뽑아 하르트의 어깨 위로 올렸다.

"지금 이 시간부로 그대를 나의 기사로 임명한다. 원하는 성이 있다면 하사해 주도록 하지."

성을 내려준다는 말에 잠시 동요하던 하르트였지만 이내 고개를 저었다.

"지금은 하르트로 충분합니다. 제가 진정 충성스러운 기사가 되었다고 영주님께서 느끼실 때 그때 성을 내려주십시오."

"그렇게 하도록 하지."

검으로 양 어깨를 두들긴 카이저는 검을 거두고 하르트에게 물었다.

"블리자드 용병대에 했던 내 제의는 어떻게 됐지?"

"아직 결정되지 않았습니다. 용병이 된 이유가 돈인 자들도 있기는 하지만 누구는 그저 자유로운 생활이 마음에 들어서 용병이 되기도 했고 먼 곳에 있는 가족들을 걱정해 기사가 되기를 꺼려 하는 자들도 있어서……."

하르트는 대답하면서 조심스레 카이저의 눈치를 살폈다.

아무래도 결정이 늦어지면 늦어질수록 영주인 카이저가 불쾌하게 여길 거라고 생각했기 때문이다.

하지만 카이저는 오히려 예상이라도 한 것처럼 태연한 모습을 보이며 말했다.

"그럼 방법을 바꾸도록 하지."

"예?"

"그들 중에서 가장 믿을 수 있는 자들로 몇 명만 구해보도록."

카이저의 지시에 하르트는 의문을 가졌다.

실력을 기준으로 삼은 것도 아니고 하필이면 믿을 수 있는 자라고 정했기 때문이다.

그러나 잠시 고민하던 하르트는 그 믿을 만한의 기준으로 조금 전 카이저가 말한 기사에 대해서 생각해 보았다.

절대적인 충성심을 내보일 인물, 그리고 영주인 카이저가 신뢰할 만큼 자신도 신뢰하고 있는 동료.

지난 10여 년을 함께 고생한 동료들이 떠오른 하르트는 곧 카이저의 말의 의미가 실력과는 상관없이 말 그대로의 의미라는 걸 깨달았다.

카이저에게 있어서는 실력이 뛰어난 기사보다는 믿을 만한 기사가 필요했던 것이다.

카이저의 말을 이해한 하르트는 어색하게 기사들의 구호로 답을 대신했다.

"충!"

하르트의 구호에 카이저의 입가에 희미한 미소가 자리 잡았다.

* * *

루시오스 남작가의 기사들이 모여 있는 숙소 내부에는 싸늘한 기운이 감돌고 있었다.

암살 사건 이후로 한 번도 분위기가 밝은 적은 없었지만 지금 기사들의 분위기는 무척이나 어두웠다.

"영주님께서 용병들로 새로 기사들을 뽑으셨다고?"

"그렇다는군."

"인원을 보충하는 건 이상한 일이 아니지만 하필이면 용병들을……."

기사단은 각 귀족 가문의 힘을 보여주는 실질적인 무력 단체다.

얼마나 많은 숫자의 익스퍼트 급 기사를 보유했느냐가 하위 귀족들의 힘을 보여주고, 얼마나 많은 오러 마스터를 보유했느냐가 고위 귀족들의 세력을 보여준다. 또 얼마나 많은 소드 마스터를 보유했느냐가 각 왕국의 영향력을 나타낸다.

게다가 암살자들에게 영주까지 죽은 상황이니 익스퍼트 급의 용병들을 기사로 만드는 것이 딱히 이상한 일은 아니고 충분히 납득할 수도 있지만 그럼에도 불구하고 기사들은 상당히 불안에 떨었다.

새로운 영주 카이저 루시오스는 비록 오러 마스터도 아니고 이제 열 살인 꼬마지만 전대 루시오스 남작의 공백을 느끼기에는 그 존재감이 굉장히 컸다.

아직 두 달조차 지나지 않았는데 카이저의 지휘에 루시오스 남작령은 순식간에 과거로 복귀하고 있었다. 또한 카이저는 이미 익스퍼트의 경지에 올라 베네시아 왕국의 최연소 오러 마스터였던 전대 루시오스 남작 이상의 재능을 보여주고 있었다.

카이저가 오러 마스터가 된다면 그때쯤 루시오스 남작가

의 힘은 과거와 비등하거나 그 이상이 될 것이 확실해 보였다.

문제는 그런 카이저가 기사들을 처벌하느냐 처벌하지 않느냐 하는 것이었다.

영주가 죽을 때 기사들은 숙소에서 나가지 못하고 암살자들에게 전멸할 위기에 처했다.

그리고 실력이 있는 기사들은 대부분 그 당시에 목숨을 잃었고 남아 있는 기사들은 싸우기가 무서워 뒤쪽에 숨어 있거나 정말로 운이 좋은 자들뿐이다.

실력이 부족해도 용맹했던 기사들은 목숨을 잃거나 큰 부상을 입어 다시 이곳으로 돌아올 수 없는 처지가 되었다.

"영주님이 우리를 내치시려는 건가?"

한 기사의 중얼거림에 다른 기사들의 표정이 굳어졌다.

그나마 평민보다 높은 기사라는 신분이 있기에 나름 부유한 생활을 영위했으나 영주인 카이저에게 있어서 가치가 떨어진다고 여겨지면 기사들은 모두 찬밥 신세가 될 것이다.

용병들의 실력이 미천하다면 또 모를까, 블리자드 용병대의 기세는 남아 있는 루시오스 남작가의 기사단으로는 도저히 당해내지 못할 수준이었다.

일개 용병대에게 기사단이 겁을 먹고 만 것이다.

물론 당시에는 내색하지 않았지만 이길 수 없다는 것 정도는 알고 있었다. 그렇기에 카이저가 내기의 내용을 이야기했을 때 혹시 자신이 나가서 싸워야 하지는 않을까 피하고 싶은 생각도 들었다.

영주인 카이저의 용맹에 비례해서 자신들의 무능함이 보이는 것이다.

"서, 설마 아무리 그래도 그러시려고. 우리가 기사로 일 년 있었던 것도 아니고."

"아니, 그럴지도 모르지."

한 젊은 기사가 확신에 찬 얼굴로 말했다.

"루스웰 백작 각하셨나? 그분이 오셨던 때의 일을 기억해 봐라. 영주님께서 원하는 건 암살의 배후라고 예상되는 국왕과 그 휘하 세력들의 멸절이다. 거기에 우리는 방해가 될 가능성이 높아. 나라도 우리 같은 오합지졸을 그런 일에 쓰려고 하지는 않을 거다."

카이저는 열 살이라고는 믿기지 않을 행동을 보였다.

루스웰 백작에게 엎드려 복수를 성공할 수 있게 도와달라고 빌었다.

설령 가족이 죽었다 해도 그렇게 자존심을 버리고 머리를 숙이는 것이 가능한지 의문이 들 정도로 카이저는 절실했다.

당시 카이저의 눈동자에서 흘러나온 진한 살기에 소름이 돋을 정도였다.

"그건……."

"우리가 할 수 있는 선택은 두 가지야. 남기 위해서 어떻게든 쓸 만한 기사가 되든가, 아니면 아예 스스로 그만두는 편이 나아. 영주님의 목적대로라면 암살자들이 영지에 침입하는 정도가 아니라 군대가 쳐들어오는 상황도 얼마든지 발생할 수 있으니. 괜히 아까운 목숨을 버릴 필요는 없지."

기사들이 목숨을 잃는 것은 어디까지나 전시 상황이나 몬스터들의 습격 때 정도이고 그것이 아니라면 기사라는 자리는 매우 힘든 수련이 있기는 해도 안전이 상당히 보장되는 위치였다.

"괜히 돈이나 명예 따위를 들먹이며 남는 건 좋지 않다고 생각한다. 우리는 기사로 검을 잡았고 누군가를 죽일지도 모른다고 생각해 봤지만 이 중에서 실제로 사람을 죽여 본 자가 몇 명이나 되지?"

수많은 몬스터 토벌 경험이 있는 선배 기사들은 루시오스 남작을 호위하다 베네시아 국왕이 도적으로 위장해서 보낸 이들과 암살자들에게 이미 죽어버렸다.

남은 건 수련기사로서 무수히 많은 대련 경험을 가졌을 뿐, 제대로 된 실전을 몇 번 겪어보지도 못한 이들 뿐이다.

반대로 용병들은 대련은 제대로 못해봤어도 무수한 실전 경험이 바탕이 되어 있으니 그들은 자신들이 생각해 봐도 믿음직스럽기 그지없었다.

"차라리 나가는 게 나을지도 몰라. 그나마 기사로서 모아 둔 돈도 꽤 되니까. 뭐, 영주님의 계획을 들은 이상 영지 밖으로 나가는 것이 가능할지는 모르겠지만."

카이저는 루스웰 백작과 거래를 했고, 루스웰 백작은 그 거래에 따라서 국왕에게 붙어 후작의 작위를 하사 받았다.

그 사실을 알고 있는 기사들이 외부에 이 사실을 발설하게 가만 내버려 둘 리가 없었다.

"적어도 가족들과 농사를 지으며 살 수는 있겠지. 그렇게 한다면 가족들도 더 이상 우리가 암살자들에게 죽지는 않을까 걱정하지 않을 테고."

스윽.

그 순간, 다른 기사들의 눈치를 살피며 30대 초반으로 보이는 기사가 자리에서 일어났다.

"모, 모두에게 면목 없다."

"아넬 경?"

동기로 보이는 기사가 당황하며 그의 이름을 불렀다.

"작년에 태어난 우리 딸아이랑 몸이 편찮으신 우리 어머님을 생각하면… 난 이만 관둬야겠다."

아넬이라는 이름의 기사는 조심스럽게 다른 기사들의 눈치를 살피며 말을 이었다.

"솔직하게 말해 영주님의 뜻을 따를 용기도 없고 가족들을 남겨두고 죽을 수도 없어. 그 자식들에게 죽은 동료들에게는 정말로 미안하지만 난……."

"그거면 충분합니다. 그동안 고마웠습니다."

젊은 기사가 그의 어깨에 손을 얹으며 말했다.

"너는 남아 있을 건가?"

"전 부모님은 작년에 돌아가셨고 가족이라고는 동생밖에 없는데 그놈은 이미 자신의 새로운 가족을 만났으니까요. 게다가 모아둔 돈도 동생에게 전부 보내서 기사 그만두면 굶어 죽습니다."

실없는 미소를 짓는 젊은 기사의 모습에 아넬이라는 이름의 기사는 조용히 고개를 숙였다.

"미안하다."

"아닙니다. 선배님은 용기 있는 선택을 하신 겁니다. 가족들을 내버려 둘 수는 없잖아요?"

젊은 기사의 말에 다른 기사 하나가 조심스럽게 자리에서 일어났다.

"나, 나도 그만둬야겠다. 아직 혼인도 못한 여동생을 혼자 남겨둘 수는 없어."

그런 그의 행동이 기폭제가 된 것처럼 다른 기사들도 하나둘씩 몸을 일으켰다.

마지막에 남은 기사는 젊은 기사를 포함한 셋뿐이었다.

"너도 나가지 그러냐?"

구석에 자리를 잡고 앉아 있던 늙은 기사가 젊은 기사에게 말했다.

젊은 기사는 잠시 그의 모습을 살펴보았다.

살아온 세월을 증명해 주는 깊은 주름과 허전한 왼팔.

암살자들의 독에 중독된 왼팔을 자르고 겨우 목숨을 부지한 기사이다.

"나 같은 녀석이야 죽을 자리가 필요하지만 넌 아직 죽을 나이는 아니니."

"죽을 나이라는 게 뭐 정해진 겁니까? 때 되면 죽는 거죠."

젊은 기사의 답변에 늙은 기사는 피식 웃었다.

꽤나 맹랑한 대답이다.

평소에 젊은 수련기사들에게는 관심도 가지지 않고 무시하던 그이지만 팔 하나를 잃고 동료들도 잃고 나니 비로소 눈앞에 있는 젊은 수련기사가 눈에 보였다.

"그래도 늦을수록 좋은 거 아니냐?"

"그거야 그렇지만 적어도 당장 죽을 것 같지는 않거든요."

젊은 기사의 대답에 늙은 기사의 표정이 미묘하게 변했다.

"조금 전에는 당장이라도 죽을 것처럼 이야기해서 남아 있는 것들을 내보내더니?"

"그랬나요? 전 단지 그들에게 말해줬을 뿐입니다. 이 세상에는 자신의 목숨보다 중요한 것들이 있다는 것을."

미소를 담아 말하는 젊은 기사의 모습에 늙은 기사의 표정이 굳어졌다.

"그게 무슨……."

도대체 왜 그런 소리를 했는지 물으려는 그때였다.

"안에 있나?"

카이저가 숙소 내부로 모습을 드러냈다.

갑자기 나타난 카이저의 모습에 늙은 기사와 옆에 있던 다른 기사가 당황하며 자리에서 일어났다.

젊은 기사는 마치 카이저가 올 것을 예상하기라도 했는지 여유롭게 몸을 돌려 카이저에게 경례를 올렸다.

"충!"

"지시대로 잘 처리한 모양이군."

"예, 영주님이 시키신 대로 죽을 각오를 하고 남은 이들 빼고는 전부 내보냈습니다."

젊은 기사의 답변에 남은 두 기사가 경악하며 카이저와 젊은 기사를 번갈아 보았다.

그렇다면 조금 전 그 행동이 전부 카이저가 지시한 것이었다는 말 아닌가?

"방금 기사들이 와서 그만둔다고 이야기하더군. 과연 기사

♂의 눈이 틀리지 않았어. 수고했네, 코발트 경."

코발트.

그것이 눈앞에 있는 젊은 기사의 이름이다.

암살 사건 이후 카이저는 당시 루스웰 백작과의 거래를 알고 있는 기사들의 처리에 대해 진지하게 고민했다.

그때는 워낙 충격이 커서 냉정을 잃고 기사들이 목격하는 상황에서 그런 소리를 루스웰 백작에게 했지만 이것을 수습하지 않으면 이후 어떤 문제가 벌어질지 몰랐다.

그래서 일단 그들에게 있는 기사라는 작위를 지우고 그들을 집으로 돌려보내려고 했다.

그렇지만 정말로 믿을 만한 기사들까지 내보내면 기사단 전체가 사라지는 것이라서 블리자드 용병대에서 새로 뽑은 기사들에게 인수인계가 제대로 진행되지 않을 것이다.

결국 믿을 만한 기사들을 뽑아내야 하는데 가문의 기사들에 대해서 잘 아는 것이 없는 카이저는 기사단장이 자신을 가르칠 때 이야기해 준 코발트라는 이름의 수습기사에 대해서 떠올렸다.

기사단장이 카이저 자신 말고도 누군가를 칭찬하는 것은 코발트라는 이름의 수련기사가 유일했기에 혹시나 하고 알아봤고, 암살자들이 침입했을 때 가벼운 경상을 입어 치료를 받고 어제 복귀했다는 소식을 듣자 그를 따로 불러내서 조금 전의 일을 지시했다.

"그런데 영주님."

"뭐지?"

"영주님의 지시대로 일을 처리하기는 했으나 솔직히 이해가 안 됩니다. 입단속을 걱정하신다면 그들을 곁에 두고 감시하는 쪽이 낫지 않습니까?"

코발트의 물음에 카이저는 고개를 끄덕였다.

그건 그랬다.

하지만 그래서는 안 된다.

"난 가족들을 잃었다. 그리고 그 복수를 하려는 거야. 그런데 그 복수를 위해 다른 이들의 가족들을 위험에 빠뜨릴 수는 없지."

"……"

"만약 누군가가 루스웰 백작 각하와 나의 관계를 의심할 경우 기사들의 가족을 인질로 잡고 나와 루스웰 백작 각하에 대해서 물을지도 모르지. 그렇기에 이 시간부로 그들이 기사였던 모든 기록을 지운다."

"그들이 그렇게 해줄 정도의 가치가 있습니까?"

코발트의 물음에는 깊은 의문이 담겨 있었다.

어차피 네 명밖에 안 되는 기사들, 차라리 조용히 처리하는 방법도 있었을 것이다.

독을 사용한다면 암살자들의 독의 효과가 남아 있었다는 변명으로도 충분히 죽일 수 있다.

그렇지만 카이저는 굳이 위험한 방법을 선택한 것이다.

"꽤나 냉정한 말이군. 그래도 동료 기사들인데."

"암살자들이 나타났을 때 무서워서 피한 그들을 동료라고 여기지는 않습니다."

코발트의 말에 카이저는 피식 웃었다.

그 웃음이 묘하게 자신을 바보 취급하는 것 같다고 느낀 코발트였다.

"확실히 나에게 있어 그들은 이런 일을 할 정도의 가치가 없어. 하지만 그들의 가족들에게 있어서 그들은 충분히 가치가 있는 존재들이지."

카이저는 루시오스 남작가의 기사들 수준을 보고 그들을 비웃은 적이 있었다.

하지만 카이저는 중요한 부분을 착각하고 있었다.

그들을 비웃을 자격이 있었던 것은 카이저가 아니고 페네스 하임이라는 검사였다.

카이저는 기껏해야 열 살 소년에 불과하다.

페네스 하임의 기억이 있다고 해도 지금의 카이저는 페네스 하임에게 절대로 미치지 못하는 부족한 존재였다.

그걸 망각했다.

또한 이번 일을 통해서 한 가지 사실을 깨달았다.

페네스 하임에게는 분명 패배보다도 싫어하는 것이 있었다.

가족들의 죽음.

어린 시절에 돌아가신 아버지와 그로 인해서 몰락한 가문, 그 힘든 상황 속에서 자신을 비롯한 형제들을 먹여 살렸던 어머니.

페네스 하임이 검사의 길을 걸은 이후 다시 만난 어머니는 이미 땅에 묻혀 있었다.

패배했다면 노력해서 복수하면 그만이다.

그렇지만 이미 죽은 가족들을 되돌릴 수는 없다.

그리고 자신은 이번에도 또 그 가족을 잃었다.

페네스 하임이었다면 지켜낼 수 있었을지도 모르는 가족을 자신이 카이저였기 때문에 잃었다.

받아들여야 한다.

자신은 페네스 하임이라는 전설의 검사가 아니라 일개 카이저 루시오스일 뿐이다.

"나는 카이저 루시오스다. 그렇기에 이 이름에 대한 책임을 져야 한다. 영주로서 기사들의 소중한 걸 지켜줄 의무가 있어."

아버지인 루시오스 남작과 어머니인 샤를리아 남작부인.

그들이 맡아온 자리를 떠안아야 하는 것이 카이저 루시오스의 역할이었다.

'카이저 루시오스라는 이름이 페네스 하임에 결코 뒤지지 않도록.'

그렇게 해야만 비로소 이 자리를 온전한 자신의 것으로 만들 수 있다.

"나를 믿고 따르겠는가?"

카이저의 물음에 코발트는 웃으며 허리를 숙였다.

"물론입니다, 영주님."

다른 두 기사도 카이저를 향해 경례를 올렸다.

"따르겠습니다, 영주님!"

카이저는 그들의 답변에 고개를 끄덕여 주었다.

"그럼 서두르도록 하지. 용병대를 기사들로 뽑았다고 해도 그 숫자는 여전히 부족하다. 영지 내에 숨어 있는 인재들을 찾아내야 한다."

"충!"

힘찬 대답에 카이저는 빙그레 웃었다.

Chapter 08
변수

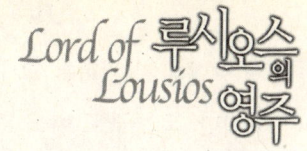

쏴아아아!

장대같이 퍼붓는 빗물 사이로 한 무리의 사람이 급박하게 움직이고 있었다.

베네시아 왕국 서부 산맥 특유의 험한 지형으로 인해서 이동에 상당한 제약이 따랐지만 비가 내려 몬스터들이 잘 움직이지 않았기에 오히려 산맥의 위험성은 덜해 그들은 무리해서 산맥을 넘었다.

"서둘러!"

비를 막기 위한 도구라고는 허름한 모자 하나가 전부였고,

몇 명은 쏟아지는 비를 그대로 맞고 있었다.

하지만 그 누구도 비를 피할 생각은 하지 않았다.

그렇게 한가로운 일을 하기에는 그들의 상황이 무척이나 다급했기 때문이다.

"젠장! 몇 년 동안 신경도 안 쓰다가 왜 이제 와서 우리를 쫓는 거냐고!"

중년의 남성이 신경질적으로 소리쳤다.

얼굴에 나 있는 칼자국은 결코 그가 녹록한 세월을 보내온 것이 아니라는 걸 보여주고 있었다.

"그런 소리를 할 때야? 에리카님은?"

옆에 있던 중년의 여성이 그에게 물었다.

"에리카님이야 여기 계시지."

에리카라는 이름에 남성은 조금 누그러진 태도로 옆에서 따라오고 있는 소녀를 가리켰다.

모자로 얼굴을 가리고 있지만 그 사이로 삐죽 튀어나온 피처럼 붉은 머리칼이 인상적인 소녀였다.

"에리카님, 그동안 저희가 했던 말 전부 기억하고 있죠?"

여성의 물음에 에리카는 작게 고개를 끄덕였다.

"명심하고 또 명심하세요. 절대 그 누구에게도 에리카님의 진짜 이름을 알려서는 안 된다는 걸."

여성은 에리카에게 다시 한 번 몇 년 전부터 줄곧 말해온 것을 또 한 번 이야기했다.

절대 이 소녀의 진짜 이름이 알려져서는 안 되었다.

"그나저나 이렇게 무작정 도망만 친다고 해서 될지 모르겠
군."

"하긴 제국의 추격자들이 그렇게 만만하지는 않을 텐데."

그들은 서로의 의견을 나누며 앞으로의 일에 대해 깊은 고
민에 잠겼다.

그들을 쫓아오고 있는 자들은 크로이드 제국에서 보낸 추
격자들이다.

황제가 죽은 뒤 황태자와 황자들, 황족들 간의 황위 다툼으
로 인해 제국에서는 내전이 벌어지고 있었다. 그렇기에 자신
들에게는 신경 쓸 여력이 전혀 없다고 여긴 그들이었는데 갑
자기 추격자들이 나타났기에 적지 않게 당황했다.

살던 집도 버리고 짐조차 제대로 챙기지 못한 채 소녀를 데
리고 도망치는 것이 그들이 할 수 있는 일의 전부였다.

"어이, 떠들고 있을 때가 아니야. 언제 그자들이 이곳까지
올지 모르니……"

도망쳐야 한다고 말하려던 그 남자는 말을 마저 잇지 못했
다.

푸학!

등 뒤에서 날아온 암기가 정확하게 그의 목을 꿰뚫었다.

"헉!"

일행 중 한 명이 목숨을 잃자 그들은 헛바람을 집어삼키며 뒤로 물러났다.

비 때문에 뚜렷하지는 않았지만 흐릿하게 저 멀리서 한 무리의 추격자가 달려오고 있는 것이 보였다.

"이런, 도망쳐!"

중년 남성의 외침을 신호로 그들은 일제히 몸을 돌려서 도주하기 시작했다.

중년 남성은 그런 그들의 뒤를 쫓아가다가 아직 어려서 뒤처지는 에리카를 안아 들었다.

그 바람에 소녀의 모자가 훌렁 벗겨지며 에리카의 얼굴이 드러났다.

새하얀 피부에 피처럼 붉은 머리칼과 눈동자를 가진 신비로운 분위기의 소녀였다.

"데일!"

에리카는 깜짝 놀라며 중년 남성의 이름을 불렀다.

"안심하십시오. 에리카님은 제가 지켜드리겠습니다."

데일은 에리카를 안아 들고 앞에서 도망치는 이들을 바로 따라잡았다.

하지만 뒤를 쫓아오는 추격자들과의 거리는 빠르게 좁혀지고 있었다.

"어, 어떡하죠? 금방 잡힐 것 같은데!"

뒤에서 따라오는 추격자들을 확인한 젊은 남자가 당황하며 데일에게 묻자 데일은 이를 악물었다.

하다못해 어딘가의 영지로라도 들어간다면 저들도 쉽사리 행동하지는 못할 것이다.

그럼에도 불구하고 그들이 살던 마을을 떠났던 것은 단순히 위치가 발각되었기 때문만이 아니라 소녀의 신분이 누구에게라도 알려지면 곤란하기 때문이었다.

추격자들이 쫓고 있는 이 소녀에 대해서 알게 된다면 보호는 해줄지언정 그 정체를 의심해서 어떻게든 알아내려고 할 것이다.

그렇기에 그들은 도망 다녀야만 했다.

"일단 최대한 빨리 달려!"

데일의 외침에 그들은 이를 악물며 고개를 끄덕였다.

싸우려고 한다면 못 싸울 것도 없겠지만 추격자들의 숫자가 이쪽의 두 배가 넘었다.

더구나 저들의 목적은 자신들의 몰살이 아니라 에리카의 제거였고, 적은 숫자로 누군가를 보호하며 싸우는 것은 큰 위험을 감수해야만 하는 일이었다.

적어도 좁은 지형이라도 나타나지 않는 이상은 힘들었다.

하지만 일행에 여자도 포함되어 있고, 전문적으로 훈련받은 추격자들은 얼마 지나지 않아 그들의 바로 뒤까지 다가왔다.

"거기 서라!"

"크윽!"

데일은 이를 갈았다.

이 근처에서 가장 가까운 영지는 루시오스 남작령이라는 곳이나 거기까지 가기 위해서는 아직 반나절은 더 달려야만 했다.

"맞서 싸워라!"

결국 에리카를 안고 달리던 데일이 눈을 질끈 감으며 소리쳤다.

그 말에 도망치던 자들이 일제히 몸을 돌려 자신들을 쫓아오던 추격자들을 향해 몸을 날렸다.

위잉!

푸학! 촤학!

눈 깜짝할 사이에 두 무리가 충돌하고 오러가 번뜩이며 붉은 피가 사방으로 비산했다.

"황실근위대의 명예를 걸고 싸워라!"

"와아아아!"

우렁찬 함성 소리가 울려 퍼졌지만 상황은 그리 긍정적이지 못했다.

추격자들의 숫자는 그들보다 훨씬 많았고 실력면에서도

조금씩 밀렸기에 하나둘씩 동료들이 목숨을 잃어갔다.

데일은 그들이 목숨을 버려가며 벌어준 시간 동안 에리카를 데리고 계속해서 뛰었다.

얼마나 달렸을까?

요란하던 소리가 잦아들고 데일은 어느새 혼자서 빗길을 달리고 있었다.

같이 달리던 다른 이들은 뒤처졌는지 아니면 스스로 남은 건지 모르겠으나 데일은 오직 앞만 보며 계속해서 달렸다.

"저건?"

그러던 중 데일의 눈앞으로 다리가 모습을 드러냈다.

아래에는 빗물로 인해 불어난 강물이 세차게 흐르고 있었고 다리는 성인인 데일이 걷기에는 꽤나 위태로운 상태였다.

"에리카님, 에리카님부터 먼저 건너가십시오."

"데일은?"

"저도 금방 따라가겠습니다. 다만 이 다리는 둘이 같이 건너기에는 위험하니 먼저 가십시오."

원래대로라면 자신이 먼저 건너서 다리의 안전을 확인해야겠지만 지금은 그럴 만한 시간적 여유가 없었다.

그렇다고 다른 다리를 찾다가는 추격자들에게 붙잡힐 것 같았다.

"저, 정말이지?"

"물론입니다."

데일의 단호한 태도에 에리카는 조심스럽게 한 걸음을 내디뎠다.

끼익 하는 불안한 소리를 내는 다리였지만 다행히 부서지거나 하지는 않았다.

다만 아찔한 높이에다가 비와 함께 강한 바람이 불어 건널 때마다 다리가 흔들렸기에 에리카는 혹시 떨어지지 않을까 두려움에 떨어야 했다.

자연히 다리를 건너는 속도 역시 상당히 지체될 수밖에 없었다.

그래도 에리카가 다리의 반 이상을 건너갈 때까지 아무런 일도 벌어지지 않아 데일은 안도의 한숨을 내쉬었다.

적어도 에리카가 건너다가 다리가 부서지는 일은 벌어지지 않을 것 같았다.

"잡아라!"

하지만 이내 데일의 표정은 굳어졌다.

비가 내려 축축한 땅을 헤치며 추격자들이 달려오고 있었다.

그들을 막고 있던 이들이 죽었는지 아니면 남아 있는지 알 수 없었지만 지금 에리카라는 소녀를 지킬 수 있는 것이 자신 혼자라는 것만은 확실했다.

위이이잉!

데일은 오러를 만들어내며 자세를 취했다.

다리를 건널 수는 없었다.

자신이 다리를 건넌다면 이들도 다리를 건너게 될 것이다.

"데일!"

"에리카님, 먼저 가십시오! 이 녀석들을 처치하고 쫓아가 겠습니다!"

"하지만……."

에리카는 데일의 말을 믿을 수가 없었다.

데일은 혼자이고 추격자는 20명이 넘었다.

결코 혼자서 그들을 해치울 수 있을 리가 없다.

"저는 괜찮습니다! 에리카님이 커서 결혼하고 자식을 낳기 전까지는 절대 안 죽을 테니까요!"

"…꼭 쫓아와야 돼?"

누군가가 자신을 위해 남아서 싸우다가 죽는 걸 이미 익숙 하게 보아온 에리카는 그 말을 남기고는 몸을 돌렸다.

하지만 알고 있었다.

그렇게 남은 자들 중에 돌아온 이는 단 한 명도 없었다.

한 명씩 소중한 사람을 잃었고, 결국 지금 남은 것은 자신 뿐이었다.

그렇지만 에리카는 계속해서 달렸다.

그리고 기도했다.

그들 모두가 무사히 자신에게 돌아올 수 있기를.

콰르르르!

그러다 뒤에서 큰 소리가 들리자 에리카는 화들짝 놀라며 고개를 돌렸다.

에리카가 다리를 건너자마자 데일이 있던 쪽의 끈이 끊어져 다리가 그대로 무너져 버린 것이다.

갑자기 다리가 끊어진 상황이 믿기지 않는 에리카의 두 눈에 다리를 고정시키고 있던 끈이 있던 자리에 오러가 담긴 검을 들고 있는 데일의 모습이 보였다.

그 모습을 보고 에리카는 깨달았다.

자신을 지키기 위해서 데일이 다리를 끊어 버린 것이다.

"쫓아오기로 했으면서……."

언제나 이런 식이었다.

에리카라는 소녀 자신은 도대체 자신의 이름이 제국에게 있어서 어떠한 위협이 되는지 제대로 이해하지 못하고 있었다.

하지만 그녀를 키워주고 보호해 준 이들은 그녀의 이름이 결코 남에게 알려져서는 안 되는 것이라고 말하였고, 그런 그녀를 노리며 추격자들이 쫓아오기 시작했다.

도대체 자신의 신분이 무엇이기에 저들이 죽어야만 하는지 에리카는 하늘을 원망할 수밖에 없었다.

잠시 데일을 응시하던 에리카는 다시 달렸다.

달릴 수밖에 없었다.

자신의 이름이 어떠한 위협이 되는지, 그들이 왜 자신을 쫓는지는 모르지만 그들이 자신을 지키기 위해서 목숨을 버린 걸 뻔히 알면서 스스로 포기할 수는 없었다.

진흙이 옷에 튀고 돌부리에 걸려 바닥을 구르면서도 에리카는 계속 달렸다.

숨이 턱밑까지 차올랐고 시야가 흐릿했다.

체력도 바닥나 달리는 것이 불가능해졌음에도 에리카는 무거운 몸을 이끌고 발걸음을 옮겼다.

턱!

그러다 또다시 돌부리에 걸린 에리카의 몸이 앞으로 쓰러졌다.

철퍼덕!

하필이면 앞쪽이 흙탕물이 고인 장소여서 에리카는 그 흙탕물을 고스란히 뒤집어써야만 했다.

"으윽!"

쓰러진 몸을 일으키는 것은 쉽지 않았다.

다리는 계속해서 통증을 호소하고 있었고 몸은 지칠 대로 지쳐 있었다.

애초에 비 오는 산맥을 넘기에 소녀의 몸은 너무나도 연약했다.

안간힘을 써서 가까스로 몸을 일으킨 에리카는 비틀거리면서도 계속 걸었다.

이 길이 맞는지도 몰랐다.

숙여진 고개는 들지 못하고 자신의 두 발만을 보며 걸었다.

그러다 내리막길이 나왔고, 에리카는 발을 헛디뎌서 다시 앞으로 쓰러졌다.

바닥이 얼굴과 가까워지자 에리카는 반사적으로 두 눈을 질끈 감아 버렸다.

턱!

"……!"

하지만 또다시 진흙을 덮어쓰리라 생각하던 에리카는 누군가가 자신을 받쳐주었다는 사실을 깨달았다.

눈을 뜬 에리카의 앞에는 그녀보다 한 뼘 정도 키가 큰 소년이 서 있었다.

"누… 구……?"

에리카는 말을 끝까지 잇지 못하고 그만 밀려오는 피로에 정신을 잃었다.

"무슨 상황인지는 모르겠지만……."

에리카를 받아 든 소년 카이저는 고개를 들어 이쪽으로 다가오는 기척을 확인했다.

저택에서 나와 기사단에 들어올 만한 사람을 수소문하던 도중 그 사람이 영지 바깥으로 나갔다는 소식을 듣고 그를 찾아 직접 영지 밖까지 나왔다.

그리고 한 사람의 인기척이 느껴져서 그 사람인가 와봤는데 정작 발견한 것은 어린 소녀였다.

"일단 피해야겠군."

느껴지는 기운이 예리하고 난폭한 것이 결코 호의적인 자들이 아니었다.

"그러는 것이 좋겠습니다."

카이저의 옆에 붙어 있던 젊은 기사 코발트가 고개를 끄덕였다.

호위가 한 명 정도는 필요할 거라는 생각에 코발트를 대동하고 왔는데 이쪽으로 향하는 자들의 숫자를 확인하니 코발트 한 명으로는 안심이 되지 않았다.

카이저는 몸을 돌린 뒤 무릎을 굽혀 에리카를 업고 서둘러 달리기 시작했다.

"차라리 제가 업겠습니다."

코발트는 그런 카이저의 행동에 당황하며 말했다.

진흙을 덮어쓴 상태의 소녀였기에 그 진흙은 그대로 카이저의 옷까지 덮어 버렸다.

게다가 카이저는 신체 조건도 코발트보다 나쁜 데다가 영주의 위치가 아닌가?

군이 직접 소녀를 업고 달릴 필요는 없었다.

"아니, 내가 업고 뛴다."

하지만 카이저는 고집을 부렸다.

코발트는 그런 카이저의 모습에 의문을 가졌지만 카이저가 요지부동이었기에 결국 포기하고 발걸음을 재촉했다.

영지에 도착한 카이저는 곧장 코발트에게 명령을 내려 기사와 병사들을 모으게 시켰다.

그리고 명령에 코발트가 자리를 비우자 집사에게 하녀들을 불러오게 시키고 잠시 묘한 눈길로 에리카를 응시했다.

'설마······.'

의식이 없는 에리카의 눈꺼풀을 살짝 들어 올린 카이저는 자신의 예상이 맞았음을 확인했다.

빗물과 진흙에서도 눈에 띄는 피를 연상시키는 붉은 머리칼과 그것과 똑같은 눈동자 색.

페네스 하임의 기억에 이런 외모를 타고나는 자는 극히 일부이다.

로델로의 말에 따르면 인간이 자연적으로 붉은 머리칼과 눈동자를 같이 타고나는 것은 불가능하다고 했다.

왜 인간은 자연적으로 그런 머리색과 눈동자를 가질 수 없는지 그 이유는 모른다.

그런 부분에 있어서 페네스 하임은 문외한이었다.

게다가 페네스 하임은 로델로의 말에 깊은 의문을 가질 수밖에 없었다.

그도 그럴 게, 페네스 하임은 물론 페네스 하임의 가족 모두 붉은 눈동자에 붉은 머리칼을 타고났기 때문이다.

로델로는 그런 페네스 하임과 가족이 순수한 인간의 피를 이은 것이 아니라고 말했다.

'레드 드래곤의 혈족이라고 했지.'

페네스 하임이 태어나기도 전의 훨씬 먼 과거.

대륙에 인간의 문명이 만들어지고 검술과 마법이 발전할 무렵, 한 마리의 레드 드래곤이 마왕과의 싸움에서 부상을 입은 적이 있었다.

그 레드 드래곤은 어느 인간 소녀의 도움으로 부상을 회복할 수 있었고, 그 인간 소녀와 사랑에 빠져 자식을 나았다고 한다.

드래곤의 피는 인간의 피보다 훨씬 진했기에 인간은 레드 드래곤의 것과 같은 붉은 머리칼과 눈동자를 타고났고, 그것은 몇 대를 걸쳐서도 결코 사라지지 않았다.

"그럼 이 소녀는······."

페네스 하임은 자식이 없었다.

아마 페네스 하임의 친척 중 한쪽의 피를 이은 것으로 보였다.

문제는 그 친척 대부분이 페네스 하임의 손에 목숨을 잃었다는 점이다.

페네스 하임은 자신을 이용하려던 친척들을 자신의 손으로 처단했고 남아 있는 혈족이라고는 페네스 하임의 형제 정도였다.

즉, 눈앞의 소녀는 레드 드래곤이 또 다른 인간 사이에서 낳은 자식이 아닌 이상 페네스 하임의 동생들의 자식이었다.

"어이가 없군."

역사책을 통해서 확인한 500년 전의 사건으로 미루어 보아 페네스 하임은 물론 레드 드래곤의 혈족은 더 이상 아무도 남아 있지 않을 거라고 여겼는데 눈앞에 갑자기 그 혈족으로 의심되는 소녀가 나타났다.

똑똑.

누군가가 문을 두드리는 소리에 카이저는 몸을 일으켰다.

일단 이 소녀에 대한 것은 나중으로 미루어두고 이 소녀를 추격하던 자들을 처리하는 것이 급선무였다.

사실 카이저의 입장에서 군이 이 소녀를 도와줘야 할 이유는 없지만 아무래도 저 머리칼과 눈동자까지 보니 소녀에 대한 강한 호기심이 들었다.

"들어와."

카이저의 허락에 문을 열리며 하녀들이 안으로 들어왔다.

"이 아이인가요?"

카이저가 웬 소녀 하나를 업고 저택으로 들어왔다는 이야기는 순식간에 퍼진 상태였다.

"일단 데리고 가서 씻기도록."

"예."

하녀의 대답을 들은 카이저는 곧장 바깥으로 몸을 움직였다.

저택 밖에는 이미 기사와 병사들이 도열해 있었다.

"자세한 설명은 가면서 하겠다."

추격자들이 이 근처로 다가온 것을 확인한 카이저는 발걸음을 재촉했다.

*　　　*　　　*

"제길, 비가 내려서 추적이 쉽지 않군."

검은 망토를 덮어쓰고 있는 남자가 눈살을 찌푸리며 말했다.

에리카를 쫓아 어찌 여기까지는 왔는데 더 이상 추적할 만한 흔적이 남아 있지 않았다.

발자국은 거세게 쏟아지는 비에 잠겨서 제대로 보이지도 않았고 시야 역시 좁아 섣불리 행동하기 어려웠다.

"이 주변에 위치한 영지가 어디지?"

"루시오스 남작령이라는 곳 같습니다."

"일단 그곳으로 이동한다. 이렇게 비가 쏟아지는 산맥에서 여자 아이 혼자서 살아남기는 힘들 테니 분명 누군가에게 도움을 요청하려고 하겠지."

그렇게 말하며 남자는 품을 뒤적거렸다.

각 영지를 지나기 위해서는 통행증 역할을 대신해 주는 신분패의 존재가 필수이다.

그러나 제국의 신분패를 꺼낸다면 그곳의 영주가 자신들을 수상하게 여길 가능성이 높았다.

"위조한 용병패를 사용한다."

그들에게는 미리 베네시아 왕국으로 올 때부터 준비했던 베네시아 왕국의 용병패가 따로 있었다.

"이곳이 루시오스 남작령인가?"

잠시 걷다 영지 전체를 두르고 있는 목책을 발견한 남자는 이쪽을 보는 병사들을 확인했다.

숫자는 30명 정도로 어째 하나같이 기세가 흉흉하다.

하긴 폭우가 쏟아지고 있는데 무기를 가진 그들이 이렇게 다가오니 당연한 반응일지도 모르겠다.

"멈춰라!"

병사들은 무기를 든 채 그들을 가로막았다.

"테라 용병단이오. 몬스터들을 사냥하던 도중에 비가 내려 비를 피할 생각으로 온 것이오."

남자는 병사가 지시를 내리기도 전에 용병패를 꺼내 보이며 말했다.

병사는 잠시 남자를 노려보다가 용병패를 확인했다.

"헤터스 본인이 맞는가?"

용병패에 적힌 이름을 묻자 남자는 고개를 끄덕였다.

"물론이오."

물론 거짓말이었다.

위조 용병패를 만들었는데 굳이 본명을 사용할 리가 없었다.

"그 피는 뭐지?"

병사는 위아래로 남자의 모습을 살피다 옷에 묻어 있는 핏자국을 가리키며 물었다.

비가 내리고 있기는 하지만 옷이 말린 아래쪽에 묻은 피라서 씻겨 내려가지 않은 것이다.

"몬스터의 것이오. 비 때문에 시신은 버려두고 올 수밖에 없었지만."

남자는 능청스럽게 거짓말을 했다.

병사가 그런 남자를 미심쩍게 노려보고 있을 때였다.

끼이이익.

목책의 입구가 좌우로 열리며 무장한 기사들이 튀어나왔다.

병사들은 순간적으로 당황했으나 이내 앞장서서 나오는 카이저를 확인하고는 서둘러서 경례를 올렸다.

"충!"

"음?"

병사들의 반응과 갑자기 튀어나온 기사들의 모습에 남자는 당황하며 재빨리 기사들의 면면을 살폈다.

확실하게 무장을 갖춘 것이 영지 바깥으로 나갈 생각인 것처럼 보였다.

'가만, 충이라고?'

그러다 병사가 내뱉은 구호에 대해서 떠올린 남자의 표정이 굳어졌다.

그런 구호는 보통 기사단장이나 영주처럼 영지 내에서도 높은 위치에 오른 자들에게만 사용한다.

"그대들은 누구인가?"

기사들을 제치고 소년이 앞으로 나와 자신에게 물음을 던졌다.

그러나 그 말투나 입고 있는 복장이 예사롭지 않은 것을 알아차린 남자는 곧 그가 영주가 아니면 후계자라는 걸 깨달았다.

"테라 용병단입니다."

"테라 용병단?"

카이저는 남자의 답변에 눈을 가늘게 떴다.

들어본 적 없는 용병단이었다.

물론 왕국 내에 있는 용병단만 수백 곳이 넘을 테니 그 이름을 모두 알기는 어렵겠지만 블리자드 용병대 출신인 하르트를 통해서 유명한 용병들이 소속된 용병단의 이름은 거의다 외우고 있었다.

뒤에 있던 하르트에게 슬쩍 눈짓을 주니 모른다는 의미로 고개를 가로저었다.

그들은 한눈에 보아도 보통 실력자들이 아니었다. 한데 그런 자들이 떼거지로 소속된 용병단의 이름이 알려지지 않았다는 건 도저히 납득하기 어려웠다.

어차피 이들을 붙잡아서 자세한 상황을 들을 계획이었지만 용병단의 용병패를 위조할 정도라면 단순한 목적이 아닌 무언가 중대한 일이 있다는 생각이 들었다.

"마침 궁금한 게 있었는데 잘되었군."

"무엇입니까?"

갑자기 자신들에게 궁금한 게 있다는 카이저의 말에 남자는 의문을 가졌다.

"그전에 잠시……."

카이저는 병사가 남자에게서 받은 용병패를 낚아챘다.

겉으로 보기에는 아무런 이상이 없는 용병패였다.

"왜 그러십니까?"

"이상은 없군. 그런데 C급 용병인가?"

"……"

남자의 표정이 살며시 굳어졌다.

용병패에 따르면 남자를 비롯한 그들의 등급은 고작 C~D급, 잘해야 B급이다.

그러나 익스퍼트의 경지에 오른 자들은 기본적으로 A~S급의 용병패를 가지게 되어 있다.

물론 자신들의 경지에 대해서 파악할 수 있을 리는 없겠지만 불안한 것은 어쩔 수 없었다.

"그렇습니다. 무슨 문제라도 있습니까?"

"용병단을 창설한 지는 얼마나 됐나?"

완전한 신생 용병단이라고 하면 괜한 의심을 살까 봐 남자는 시간을 조금 부풀렸다.

"3달하고 보름 조금 넘게 지났습니다."

남자의 대답에 카이저는 씩 웃었다.

그리고 다른 용병들의 용병패를 빠짐없이 확인했다.

"도대체 왜 이러시는 겁니까?"

그런 카이저의 행동에 남자가 불쾌한 얼굴로 물었다.

속이려는 입장에서 영문도 모른 채 계속 용병패를 번갈아가면서 확인하는 카이저의 모습은 혹시나 하는 불안감을 계속해서 자극하고 있었다.

"아니, 조금 신기해서 말이야. 어떻게 모든 용병패가 발급된 지 며칠 안 지난 새것처럼 상태가 좋은 건지 모르겠군. 게다가 모두 같은 곳에서 발급했다니."

카이저의 말에 남자는 몸을 흠칫 떨었다.

"숙소에 도둑이 들어 짐을 모두 도둑맞은 적이 있어 같이 새로 발급 받았습니다."

"언제 말인가?"

"2주 전입니다."

"아니, 도둑맞은 시기 말이야."

"도둑맞고 바로 다음 날에 다시 용병 길드를 찾아가 받았습니다만?"

남자의 답변에 카이저는 피식 웃었다.

"그걸 지금 말이라고 하나?"

"예?"

"용병패는 발급까지 못해도 보름 이상의 시간이 필요하다. 조금 빨리 발급을 받아서 1주가 걸렸다고 쳐도 여기에 적혀 있는 용병 길드에서부터 이 영지까지의 거리는 적게 잡아도 열흘 이상, 그 시간 안에 여기까지 오는 게 말이 될 리가 없지."

카이저의 말에 남자는 아차 싶었다.

"조금 전에 영지 근처에서 습격을 당한 걸로 보이는 어린

아이를 발견했다. 그리고 자네들의 몸에 피가 묻어 있군."

"이 피는 몬스터들의 것입니다!"

남자가 다급하게 변명을 늘어놓았다.

"몬스터의 것이라고? 베네시아 왕국 서부는 처음인가 보군. 이 산맥에서 서식 중인 몬스터들은 하나같이 비가 올 때는 활동하지 않아. 몬스터를 잡으려면 직접 몬스터의 서식지로 가야 한다는 소리지. 그런데 누가 미쳤다고 비 오는데 몬스터의 서식지로 가지?"

"길을 잘 몰라 우연히 들어가게 된 것뿐입니다."

"무엇보다 그 아이가 직접 증언했어. 검은 망토를 두른 자들이 자신을 공격했다고 말이야."

"그 소녀가 무슨 소리를 했는지는 모르겠지만 저희는 아무런 상관이 없습니다!"

남자의 답변에 카이저는 뒤에 있는 기사들에게 눈치를 주었다.

그러자 기사들이 일제히 검을 뽑아 들더니 그들에게 덤벼들었다.

채채챙!

일제히 뽑혀진 검에서 오러가 뿜어져 나와 그들을 위협했다.

변명을 취하고 무죄를 주장하는 그들의 입장에서는 차마 맞서 싸울 수가 없었고, 루시오스 남작가의 기사들은 순식간에 그들을 제압해서 쓰러뜨렸다.

"왜 이러시는 겁니까! 도대체 저희가 뭘 어쨌다고……."

"난 아이를 발견했다고 했지 소녀라고는 안 했는데 참 이상하군."

"……!"

카이저는 검을 뽑아 남자의 목에 겨누었다.

붉은 오러가 넘실거리는 검에 다른 기사들의 검에서는 푸른빛과 새하얀 빛 등 다양한 색상의 오러가 눈에 띄었다.

한 가문의 기사단이라면 모두 통일된 오러의 색을 가지는 것이 정상인데 각자 오러의 색이 다르다는 것은 이들이 다른 마나 연공법을 익혔다는 의미이다.

"그래, 용병패를 보니 정식으로 발급된 것은 맞아. 높은 인물이 뒤를 봐주었다는 의미겠지. 누가 무슨 목적으로 보낸 거지?"

"이, 이놈!"

남자는 카이저에게 달려들고 싶은 심정이었으나 목에 겨누어진 검 때문에 그럴 수가 없었다.

이런 꼬마에게 완전히 농락당할 줄은 몰랐다.

"아, 참고로 그 소녀는 발견하자마자 기절해서 지금도 쓰러져 있어. 즉 애초부터 우리에게 누군가에게 습격 받았다는 소리를 한 적은 없다는 거지."

"크윽!"

카이저의 말에 남자는 혈압이 들끓는 것을 느꼈다.

그가 소녀라는 말을 하지 않았더라도 카이저는 어떻게든 그를 열 받게 해서 조금이라도 말실수를 하게 유도했을 것이다.

어쨌든 지금의 상황은 피하지 못했으리라.

"피해자가 소녀라는 것까지 알고 있다는 건 그 소녀를 직접 노렸다는 의미겠지. 고작 도망친 소녀의 입막음을 위해서 이렇게 쫓아오지는 않았을 테니까."

소녀가 영지에 도착해서 누군가에게 도움을 청했을지도 모르는데 영지로 따라왔다는 것은 소녀의 입장에서 남들에게 도움을 청하기 굉장히 곤란하다는 의미였고, 이는 곧 소녀의 존재가 밝혀져서는 안 된다는 것을 의미한다.

"모두 끌고 가라."

"충!"

기사들이 남자를 비롯한 무리를 끌고 가자 카이저는 잠시 그들의 뒷모습을 노려보았다.

일단 이걸로 기사들과 병사들에게는 저들이 소녀를 비롯해 사람을 습격한 도적이라는 인상을 심어주었다.

높은 위치에 있는 자와 관련된 인물들이라는 건 조금 거슬리지만 그건 조사를 하다 보면 나올 일이었다.

"지금쯤이면 깨어났겠지?"

따로 부상을 입은 것도 아니고 그냥 피로 때문에 쓰러진 것이니 하녀들이 그녀를 씻기는 과정에서 정신을 차렸을 것이다.

만약 그래도 안 일어났다면 오늘은 무리고 내일 알아봐야겠지만 카이저는 서두르지 않았다.

저들이나 소녀도 흥미롭지만 카이저의 최우선 목표는 보다 높은 경지에 오르고 기사들의 수준을 끌어올려 베네시아 국왕을 해치우는 것뿐이었다.

*　　　*　　　*

"으음……."

에리카는 부스스한 얼굴로 깨어났다.

잠시 잠이 깨지 않아 멍한 표정이던 에리카는 이내 자신이 낯선 방의 침대 위에서 자고 있었다는 걸 깨달았다.

게다가 진흙투성이였던 옷은 다른 고급스러워 보이는 옷으로 바뀌어 있었다.

"이제 일어났나?"

낯선 목소리에 에리카는 깜짝 놀라 고개를 돌렸다.

에리카가 누워 있던 침대 옆에 카이저가 의자에 앉아 책을 읽고 있었다.

"잘도 자는군. 벌써 아침 식사 시간이 훌쩍 지났다."

"누구시죠?"

침대 옆쪽으로 물러나 자신을 경계하는 에리카의 모습이
카이저에게는 마치 사나운 고양이처럼 보였다.

"질문의 순서가 틀렸잖아."

겁을 먹지는 않은 걸 보니 아무래도 카이저의 외모 영향이
꽤 큰 것 같았다.

일반적으로 성인 남성이 자고 있는 소녀의 곁에 있다면 놀
라겠지만 카이저는 며칠 전에 열 살에서 열한 살이 되었다.

외모로 보았을 때 자신과 큰 나이 차가 없기에 경계는 하지
만 무서워하는 분위기는 아니었다.

"그건 내가 묻고 싶은 말이야. 넌 누구지?"

"에리카. 제 이름은 에리카예요."

에리카의 대답에 카이저는 고개를 끄덕였다.

"그렇군. 에리카였군. 그 녀석들에게는 왜 쫓기고 있었지?
그것도 제국의 녀석들에게 쫓기는 걸 보면 네 신분이 결코 평
범한 소녀는 아닐 것 같은데?"

카이저는 그들을 붙잡아서 소지품을 조사하던 과정에서
제국에서 발급된 신분패를 발견할 수 있었다.

그리고 확신했다.

에리카라는 소녀는 분명 무언가 커다란 걸 숨기고 있다고
말이다.

그녀가 깨어나지 않아 조금 전에는 잡아 가두었던 이들을

심문했지만 그들은 몽둥이질을 당하고도 입을 열지 않으려고
했으니 카이저로서는 에리카를 통해서 정보를 얻어야만 했다.

"전 에리카일 뿐이에요."

하지만 에리카는 카이저가 원하는 대답을 들려주지 않았다.

"그래?"

이에 카이저는 더 이상 에리카의 정체에 대해서 캐묻지 않
았다.

더 물어봤자 대답할 것 같지 않았기 때문이다.

"그럼 질문을 바꿀게. 어제 영지 근처의 산맥에서 수십 명
의 시체를 발견했어. 한쪽은 검은 망토를 두른 녀석들이고 다
른 쪽은 평민 같은 모습이었지만 모두 무기를 소지하고 있던
걸로 보였지. 넌 그들과 무슨 사이지?"

"설마 검은 망토를 두른 자들에게 모두 죽었나요?"

"그래. 생존자는 없었다."

카이저의 대답에 에리카의 표정이 어둡게 물들었다.

결국에는 데일조차 목숨을 잃고 만 것이다.

"시간을 조금 주도록 할게. 정오가 되면 다시 올 테니 그때
까지 잘 생각해 봐. 계속 네 정체에 대해서 숨기고 있겠다면
이쪽도 가만히 둘 수는 없거든."

일단 데리고 왔지만 에리카라는 소녀는 언제 어떤 식으로
영지에 영향을 줄지 알 수 없었다.

영지에 악영향을 끼칠지도 모르니 확실히 그 정체를 파악해 두어야만 했다.

"자, 잠깐만요."

카이저가 방금 나서려고 하자 에리카가 카이저를 붙들었다.

"뭐야?"

"다, 당신은 대체 누구죠?"

보통 이런 식의 심문은 영지의 영주나 아니면 영주가 보낸 사람이 할 텐데 카이저는 영주가 보낸 사람이라고 하기에는 너무나 어려 보였다.

"카이저 루시오스. 루시오스 남작령의 영주다."

『루시오스의 영주』 2권에 계속…

十萬
對敵劍

Fantastic Oriental Heroes

십만대적검

오채지
新무협 판타지 소설

개파 이래 한 번도 고수를 배출한 적 없는
오지의 산중문파 제종산문.

무려 십칠 대에 이르러서야 마침내 괴물 같은 녀석이 나타났다!
하지만 그는 세상사에 초연하기만 하고,
속 터진 사부는 천일유수행(千日流水行)을 핑계 삼아
제자를 산문 밖으로 내쫓는데…….

『십만대적검』!

바깥세상이 궁금하지 않았던 청년 장개산의
박력 넘치는 강호주유기!

Book Publishing CHUNGEORAM

유행이 아닌 자유추구
WWW.chungeoram.com

이문혁 장편 소설

FUSION FANTASTIC STORY

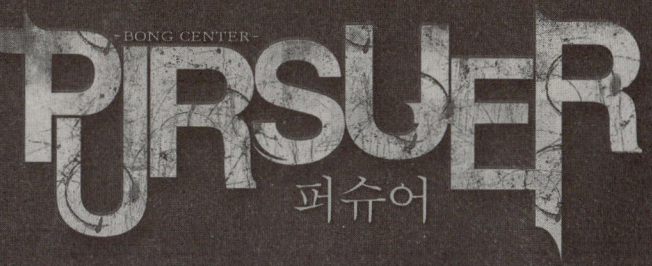

-BONG CENTER-

PURSUER
퍼슈어

「난전무림기사」, 「마협 소운강」의 작가 이문혁
그가 그려내는 현대물의 신기원!

서울 서초구 고층 빌딩 사이에 존재하는
아는 사람만 아는 미지의 건물 봉 센터.
베일에 쌓인 그곳에 오늘도
정보에 목마른 자들이 왕래한다.

정계의 비밀부터 국가 기밀까지.
혹은 사회를 떠들썩하게 만든 사건의 정보까지!
원하는 모든 것을 찾아주나,
아무나 그곳을 찾을 수는 없다!

그대여, 이런 현대물을 본 적이 있는가!
이 세상의 어둠 속에서 숨 쉬는
또 다른 세상의 이면을 즐겨라!

Book Publishing CHUNGEORAM

유행이 아닌 자유추구
WWW.chungeoram.com

FUSION FANTASTIC STORY

천중화 장편 소설

세계 유일의 남자

역사를 목격한 적이 있는가.
지금, 세상을 뒤엎을 사내가 온다!

스포츠 만능에, 수많은 여인의 애정까지…
골프계를 뒤흔드는 골프 황제 김완!

그런데 이 남자의 향기가 심상치 않다.

할머니의 비밀과 부모의 죽음.
그에게 전해진 사건들이 이 남자를 뒤흔들고,
이제 그의 행보가 세상을 움직인다!

『세계 유일의 남자』

평범한 남자라고 생각했는가?
천만에! 이자는… 세계 유일의 남자다!

FUSION FANTASTIC STORY

죽은 자들의 왕

페리도스 퓨전 판타지 소설

공전절후! 쾌감작렬!
청어람이 선보이는 판타지의 신기원!

『죽은 자들의 왕』

대륙 최고의 어�쌔신 길드, 블랙 클라우드.
어느 날 내려진 섬멸 명령으로 인하여 하루아침에 멸망했다.

그러나……

"오랜만이다, 동생아."

어릴 적 헤어진 동생을 찾아 국경을 넘은 그레이너.
그러나 동생은 죽음의 위기를 겪고,
이제 동생의 모습으로 새로 태어난 그레이너가
모든 음모를 파헤치며 나아간다.

사라졌다 여겨진 전설이 끝나지 않고,
이제 대륙을 뒤흔드는 폭풍이 되리라!

Book Publishing CHUNGEORAM

유행이 아닌 자유추구 ~
www. chungeoram.com

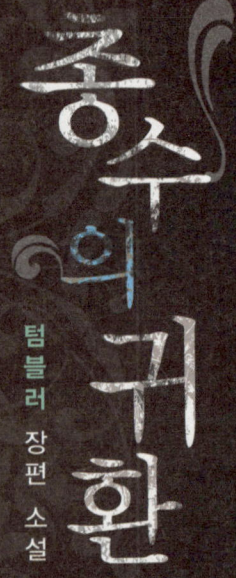

FUSION FANTASTIC STORY

텀블러 장편 소설

아버지라 생각한 자의 배신.
그렇게 이방의 사막에서 죽음을 맞이했다.

그러나, 죽음은 끝이 아니라 새로운 시작이었다!

카이스트 최연소 입학.
하늘이 내린 천재.
과학력을 한 단계 진보시킨 과학자!

복수를 위하여 이계에서 살아남고,
기어코 현대로 다시 돌아온 이은우!

"이제 시작이다, 나의 성공가도는!"

세상이 몰랐던 총수의 귀환!
이은우, 그가 돌아왔다!

Book Publishing CHUNGEORAM

유행이 아닌 자유추구 -
WWW.chungeoram.com